满族口头遗产传统说部丛书

泾川完颜氏传奇

完颜玺 讲述 整理

吉林人民出版社

图书在版编目（CIP）数据

泾川完颜氏传奇 / 完颜玺讲述、整理 . –– 长春：
吉林人民出版社 , 2019.5
　（满族口头遗产传统说部丛书）
　ISBN 978-7-206-16886-4

　Ⅰ . ①泾… Ⅱ . ①完… Ⅲ . ①满族—民间故事—中国
Ⅳ . ① I277.3

中国版本图书馆 CIP 数据核字（2019）第 293272 号

出品人：常　宏
产品总监：赵　岩
统　　筹：陆　雨　李相梅
责任编辑：张　影　张文君　崔　晓
装帧设计：赵　谦

泾川完颜氏传奇
JINGCHUAN WANYANSHI CHUANQI

讲　　述：完颜玺　　　　　整　　理：完颜玺
出版发行：吉林人民出版社（长春市人民大街 7548 号　邮政编码：130022）
咨询电话：0431-85378007
印　　刷：吉林省优视印务有限公司
开　　本：720mm×1000mm　　　1/16
印　　张：9.75　　　　　　字　　数：170 千字
标准书号：ISBN 978-7-206-16886-4
版　　次：2019 年 5 月第 1 版　　印　　次：2019 年 5 月第 1 次印刷
定　　价：40.00 元

如发现印装质量问题,影响阅读,请与出版社联系调换。

出版说明

满族口头遗产传统说部是具有较高社会价值和文化价值的满族文化的百科全书。整理发掘满族说部的项目工作被文化部列为中国民族民间文化保护工作试点项目，并被国务院批准列入第一批国家级非物质文化遗产名录。

"满族口头遗产传统说部丛书"是千百年来满族各氏族对祖先英雄事迹和生存经验的传述，一代一代口耳相传，保留下来的珍贵的满族遗存资料。经过近三十年抢救整理，从二〇〇七年到二〇一七年的十年间，根据整理文本的先后，我社分四次陆续出版了五十部说部和三本研究专著。此套丛书无论从社会价值和文化价值来看，都是一套极具资料性、科研性和阅读性融为一体的满族文化的百科全书。

此次出版对以下两个方面做了调整：

一、在听取各方专家建议的基础上，对原丛书进行了筛选，选取最有价值、最有代表性的四十三部说部，删去原版本中与文本关系不紧密的彩插，对文本做了大幅的编辑校订，统一采用章回体表述方式，并按照内容分为讲述萨满史诗的"窝车库乌勒本"、讲述家族内英雄人物的"包衣乌勒本"、讲述英雄和历史人物的"巴图鲁乌勒本"、讲述说唱故事的"给孙乌春乌勒本"等，突出了说部的版本特色。

二、保留研究专著《满族说部乌勒本概论》，作为本丛书的引领，新增考古发掘的图片和口述整理的手稿彩色影印件。

特此说明。

吉林人民出版社

编 委 会

序

冯骥才

　　任何民族的文学都包括两大部分。一是个人用文字创作的、以书面传播的文学，一是民间集体口头创作的、口口相传的文学。后一部分文学是前一部分文学的源头，是根性的文学。中国作为东方文明的古国，口头文学的历史去之遥远。就像西方文学始于古希腊罗马的神话故事，我国文学史上第一部作品是《诗经》，即民间口头文学集，这表明口头文学是一个民族文学的源头。在漫长的历史中，这两部分文学一直同根并存，相互滋育，各自发展，共同构成一个民族文化与精神的极为重要的支撑。

　　中华民族有着巨大文学想象力和原创力。数千年间，各族人民以口头文学作为自己精神理想和生活情感最喜爱和最擅长的表达方式，创作出海量和样式纷繁的民间文学。口头文学包括史诗、神话、故事、传说、歌谣、谚语、谜语、笑话、俗语等。数千年来，像缤纷灿烂的花覆盖山河大地；如同一种神奇的文化的空气在我们的生活中无所不在；且代代相传，口口相传，直到今天。

　　我们的一代代先人就用这种文学方式来传承精神，表达爱憎，教育后代，传播知识，娱悦生活，抚慰心灵；农谚指导我们生产，故事教给我们做人，神话传说是节日的精神核心，史诗记录文字诞生前民族史的源头。它最鲜明和最直接地表现中华民族的精神向往、人间追求、道德准则和价值取向。中国人的气质、智慧、审美、灵气、想象力和创造力，充分彰显在这种口头的文学创造中。

　　这种无形地流动在民众口头间的口头文学，本来就是生生灭灭的。在社会转型期间，很容易被忽略，从而流失。

特别是在这个现代化、城市化飞速推进的信息时代，前一个历史阶段的文明必定要瓦解。口头文学是最脆弱、最易消亡。一个传说不管多么美丽，只要没人再说，转瞬即逝，而且消失得不知不觉和无影无踪，所以联合国教科文组织把口头传统和表现形式，包括作为非物质文化遗产媒介的语言列为非物质文化遗产之一。

在中国，有史诗留存的民族并不很多，此前发现的有藏族史诗《格萨尔王传》、蒙古族史诗《江格尔》、柯尔克孜族史诗《玛纳斯》、苗族史诗《亚鲁王》。作为满族民族历史和文化传统的重要载体——"说部"，是满族及其先民世代相传的极其宝贵的精神财富。它最初用"乌勒本"（满语 ulabun，为传或传记之意）指称，后受汉文化影响，改称为"说部"或"满族书""英雄传"。说部最初用满语讲述，至清末满语渐废，改用汉语并夹杂一些满语讲述。在漫长的历史进程中，满族各氏族都凝结和积累了精彩的"乌勒本"传本，如数家珍，口耳相传，代代承袭，保有民族的、地域的、传统的、原生的形态，从未形成完整的文本，是民间的口碑文学。"满族说部迥异于其他文类，不仅涵盖了口头传统，也吸纳了民俗学中多种民间文艺样式，包容性极强。"

我以为，对于无形地保留在人们记忆与口口相传中的口头文学，抢救比研究更重要。它是当下"非遗"工作的重中之重，要清醒地认识到文化和文明于人类的意义。当社会过于功利的时候，文化良知就要成为强音，专家学者要在抢救非物质文化遗产中勇于承担责任，走进民间帮助艺人传承与弘扬民间艺术，这也是知识分子的时代担当。

让人感到欣喜的是，经过吉林省的专家学者近三十年的抢救、发掘和整理，在保持满族传统说部的原创性、科学性、真实性，保持讲述人的讲述风格、特点，保持口述史的原汁原味的基础上，将巨量的无形的动态的口头存在，转化为确定的文本。作为"人类表达文化之根"的满族说部，受东北地域与多族群文化的影响，内容庞杂，传承至今已

满族口头遗产传统说部丛书

序

逾千万字。此次出版的《满族口头遗产传统说部丛书》为四十三部说部和一本概论。"说部"分为讲述萨满史诗的"窝车库乌勒本"、讲述家族内英雄人物的"包衣乌勒本"、讲述英雄和历史人物的"巴图鲁乌勒本"、讲述说唱故事的"给孙乌春乌勒本"四大部分。概论作为全套丛书的引领，从学术研究的角度对乌勒本产生的历史渊源、民族文化融合对其的影响、发展和抢救历程等多方面深入思考。

多年来"非遗"的抢救、保护、研究和弘扬，已取得卓越的成就。但未来的路途依然艰辛漫长，要做的事情无穷无尽。像口头文学这样的文化遗产的整理和出版，无法立即带来什么经济利益，反而需要巨大的投资和默默无闻的付出，能在这个物质时代坚守下来，格外困难。

文化传统和传统文化不是一个概念，我们的终极目的不是保护传统文化，而是传承文化传统。传统文化是固定的、已有既定形态的东西。我们所以要保护它，是因为这些文化里的精神在新时代应以传承，让我们的文化身份不会在国际资本背景下慢慢失落。

现在常把文化自觉与文化自信并提，这两个概念密切相关同时又有各自的内涵。文化自觉是真正认识到文化的重要性和自觉地承担；文化自信的关键是确实懂得中华文化所具有的高度和在人类文明中的价值。否则自信由何而来？

对传统文化的抢救与整理，不仅是为了传承，更为了弘扬。我们的民族渴望复兴，复兴的重要精神支撑在我们的传统和文化里，让我们担负起历史使命，让传统与文化为民族的伟大复兴发挥它无穷的力量。

冯骥才

二〇一九年五月

目录

《泾川完颜氏传奇》传承情况 ……………………………………………… 001

第一章

泾川完颜部落的来历 …………………………………………………001

一、先从康熙过王村（冢）说起 …………………………………… 001

二、完颜古墓之谜 …………………………………………………… 003

三、九顶梅花山的传说 ……………………………………………… 007

四、圣母娘娘传奇 …………………………………………………… 013

五、密存供奉千年祖传遗像 ………………………………………… 016

六、四郎殿访古 ……………………………………………………… 020

七、黄龙府宗弼显奇功 ……………………………………………… 025

八、宗弼拜别皇姑娘娘 ……………………………………………… 028

九、姐妹双塔——彩云与彩霞的故事 ……………………………… 030

十、西王母宫山巅铁钟救康熙的故事 ……………………………… 036

十一、初探神秘的郭蛤蟆城 ………………………………………… 037

十二、女真人先祖挹娄王木尔哈勤汗王的传说故事 ……………… 040

十三、女真人的活化石——完颜德德 ……………………………… 042

第二章

金兀术父子在陇原与宋朝的征战 ……………………………………045

一、金兀术与吴氏兄弟的精彩斗争 ………………………………… 046

二、吴氏兄弟其人其事 ……………………………………………… 050

三、张浚的独霸铸成危机四伏 ……………………………………… 055

四、吴曦投金，震惊秦陇 …………………………………………… 057

五、争皇位骨肉仇杀的故事 ………………………………………… 059

六、宋金之争实为兄弟阋墙 ………………………………………… 063

第三章

在甘肃境内发生的故事 …………………………………………… 071

一、两个"会宁"伴随金朝始末 …………………………………… 072

二、此"会宁"与彼"会宁" ……………………………………… 073

三、金兀术苦心经营秦陇之地 ……………………………………… 074

四、海陵王时在华池县修建双塔寺院 ……………………………… 076

五、传承遗留于陇原璀璨的金石文物 ……………………………… 078

六、三圣宫与完颜小学 ……………………………………………… 079

七、神秘的碑子坟 …………………………………………………… 082

第四章

完颜氏民风民情及宗教信仰 ……………………………………… 086

一、完颜氏独树一帜的民族风情 …………………………………… 087

二、完颜氏祭祀活动"叫冤会" …………………………………… 096

三、完颜村的伐马角 ………………………………………………… 102

第五章

揭开完颜部落的神秘面纱 ………………………………………… 106

一、泾川完颜氏继承了女真文化传统 ……………………………… 106

二、完颜氏守灵人昭然于世 ………………………………………… 108

附录（一）

泾川"完颜部落"寻踪 …………………………………………… 112

附录（二）

　他们保留了完整的民族符号——完颜氏·······························120

附录（三）

　尘封八百多年金朝秘史再现···123

附录（四）

　完颜宗弼长子完颜亨守陵人后裔——完颜治春家谱·············128

后　　记（一）··130

后　　记（二）··131

《泾川完颜氏传奇》传承情况

完颜玺

满族及其先民拥有久远而深厚的口头文学传统，完颜氏家族世世代代传承的族史就是很好的证明。由于金兀术的长子完颜亨被完颜亮派人杀害，其家族为躲避迫害，秘密迁居甘肃泾川县，隐姓埋名，苦度终生。所以，先民遗于中原地区许多昨天的神秘故事，都是祖先们口头相传的，世代不衰。但因先民移居于中原地区，长期脱离了北方广袤千里的最初生存环境，因此这些遗产具有不同于东北地区的特殊性，是与汉文化融合后所创造并流传下来的具有丰厚文化积淀的非物质文化遗产，它必定能再现先民女真人的原始风貌以及在中原漫长的历史进程中的文化景观和心灵密码。《泾川完颜氏传奇》是以甘肃泾川完颜人——我的祖辈传承的传说故事、民风民俗、宗教信仰并结合甘肃各地县志的记载记录整理的，经历了十几年漫长而艰难的过程，它还是一种抢救性的传承记录。

《泾川完颜氏传奇》所记述的故事完全得益于祖宗八百多年前涉足秦陇大地遗留下的缕缕足迹。我以毕生精力，首先以感性认识，沿着如明昌、大安、太和年号铸的铁钟，带有女真族特征的坟墓、庙宇、寺院、地方风物，并依据父辈言传身教、部落集体口头传承整理而成。

据传在泾川最早是五个家族，分别住完颜东沟西沟、完颜洼、黄家铺和纸妨弯四处，随后有少部分散居住。当然，这些祖辈传承下来的故事也未必都是对的，在考证芮王嘴、芮王坪、芮王坟等地名时，就遇到一些意想不到的问题。从村里、镇里所有土地契约、证书、合同等文书资料中都将这些地名写为"龙王嘴""龙王坪""龙王坟"等。细细试想，这里连水都没有，哪来的龙王呢？就必须严谨认真结合史料来推理，求证探索之后发现"龙王"为误传，正确的应是"芮王"，因金史中真有其人，芮王——完颜亨。诸如此类的还有两个韩王坟墓在当地混淆了几百年，最终才弄清楚，西沟坪上是明朝韩王，东沟坪上是金朝韩王。加之完颜人文化比较落后，出版《泾川完颜氏传奇》这本拙著之前，我花费毕生心血，走访了平凉、灵台、华池、静宁、定西、会宁、陇西、榆中、武山、武都、微县、成县等地方，查阅资料，研究挖掘，最后去伪存真，还历史本来的面目。

历史被称为长河，河水有深有浅，有波涛汹涌、大浪淘沙期；又有风平浪静、泥沙沉积期；也有水枯河干、沙石显露期。从历史的长河要打捞出一丁半点几百年来积淀的有价值的历史遗迹恰如大海捞针，不付出艰辛劳动是难以完成的。

本书记述了完颜人迁居泾川的全过程，他们从东北大平原来到西北偏僻的边陲，由威武的军人转变为草民，由兴盛的皇室贵族衰败为当地土著平民，本书还记述了金朝遗留在秦陇的大量珍贵文物古籍。我唯一得天独厚的优势，是上苍安排我生在了完颜部落，从小受到父辈们言传身教和潜移默化的影响。

祖辈言传身教，是人生初期接受教育的无价之宝。言必有据，才能系统化、理性化。完颜村虽然无文字记述的家谱祖传资料，可是敬奉的一幅世代祖先遗影画像密存至今，它胜似一部家史说部。例如，一年一度神秘而又隐蔽的祭祀祖先神像、跳神、唱戏、向圣母娘娘回奉、推举坟头、杀猪宰羊、长途跋涉上祖坟、过叫冤会、敬黄绳、跑花城、破迷宫、放仙鹤、放神马……这些独具女真人特色的活动给我心灵深处播下一颗决心非要揭开那神秘面纱的种子。有了待萌发的种子，就有希望，有了希望，就有追求。

二十年前我曾搜集、记录、整理了一些完颜乡亲喝酒划老疙瘩拳、边喝边唱的歌曲，跳神时有王谝即兴编演的台词和耍社火节目，这些刚刚被挖掘出来还带有浓郁的黄土气味的民风素材，经诸多学者审定，认为属于女真族风俗范畴的文化遗产，对大西北地区的人们来说甚为罕见。物以稀为贵，这给我继续蹚过历史长河，进行搜集整理注入了希望。不久我便斗胆将这些文字送至一家有影响力的杂志社，编辑审阅后，当场拍板要组稿发表。可是主编审查时挥笔"枪毙"了。理由是写"金兀术"这类题材的文字是敏感问题，主编善意地问我，完颜人过"叫冤会"究竟是在向谁叫冤？我说，老百姓常年头顶烈日，面朝黄土，积蓄于心头的苦闷，只有向天、向地、向神仙、向祖宗喊叫，叫了就一身轻松，还是照旧种田劳作。萨满教这种宗教活动对世界逐渐一体化、社会竞争激烈的今天来说是最佳的社会和人际关系调节的"润滑剂"，有啥不妥？主编为难地无言答对。然而，不久我还是发表了《记完颜村祭祀活动》的文章，并引起世人关注。

迈出艰难的第一步，归功于社会飞速的发展，历史滚动向前，改变了陈旧的传统观念，见证了社会和谐发展的轨迹。

泾河在王村（冢）镇完颜村前蜿蜒淌过，洪水急流将黄土高坡冲击成一道道千疮百孔的沟壑，冲淡了多少历史遗痕，却难以泯灭人们对完颜人来历的记忆。在泾川但凡有一定历史文化知识的人都晓得，他们是从东北迁徙而来的女真后裔。人们从不公开向外人讲述完颜人的一些隐秘的家规、家训、习惯。

泾川自古交通闭塞，偏僻落后，据老人讲，这里是金兀术屯兵、习武、迂回征战的大本营，完颜人在秦陇大地盘桓、繁衍生息。在泾川，现有完颜氏人口五千一百八十二人，一千零二十四户。这只是以男性家族为统计数，若纳入女性人口，全县具有完颜血统的人不下十几万人。按人口规模无疑为全国第一个完颜氏族聚居区。村子里至今还保留着村以"完颜村"、桥以"完颜桥"、山以"完颜山"命名的历史符号。在县城营门上一条街，完颜洼、延丰、抵坊弯等地也有聚居者。每年农历三月十五日完颜人要举行祭天、祭地、祭祀祖先活动。在清明节时，全县的完颜人会聚完颜村，向祠堂祖先影像叩头、默念、回奉，再到芮王墓和承麟墓前祭拜。几百年来能完整地保全"完颜"姓氏，这在全国也是奇迹。

每年秋收后举办的叫冤会宗教活动，除各地完颜人外，还有十里八村外姓人也踊跃加入活动中。每年七月十九会在圣母娘娘庙唱大戏，祭奠白花公主（圣母娘娘）。这一天热闹非凡，称为"圣母娘娘"的娘家客人——县城营门上完颜人到来要受到特殊接待，这些都无疑证明了完颜村是泾川完颜人的聚集地。

我父亲说，从他记事起，每当族人集会，都由德高望重的有文化知识的老人向大家讲述："自古孝为先，孝是人之大伦，也是行为根本，是第一道德，祭祖就是不忘祖宗的大孝"，还讲"近朱者赤，近墨者黑，近书者智，近史者慧"的道理，告诫后人要懂家规，重礼仪，好读书，勤习武健身，勿忘历史；要尊老爱老，继承祖德，不忘祖恩，笃宗睦族；要孝思不匮，善待老人，秀出万枝，功昭青史。光宗耀祖、光耀门楣是完颜人世代相传求木追源的传家珍宝。

完颜氏先祖世代传承的家族、家规、风俗、民情和独特的文化传统，开拓了完颜氏门第的繁荣盛世，游牧文化与农耕文化的融合，西域文化与中原文化对东北文化的渗透，萨满教文化与中原道教、佛教文化的沟通，构成了完颜氏文化的多样性。

泾川完颜氏确系完颜宗弼一大宗室后裔，自遁居于此，便隐姓埋名度日，有谁敢写家谱呢？除以上官方记载文字外，世代口头相传的故事便成为完颜人的族谱。在家谱中人们只知道一百年以内的支系，再向前就无法查证了，难以分清具体分支。

在金代，完颜亮的官兵四处追杀完颜亨的族人，到了元朝，又提出"非完颜氏不赦"的政策，所以完颜人只得偷偷地、隐蔽地聚集在泾川的山沟里，族人们怕暴露自己身份，都不愿以文字记载祖宗资料，老人们常对后人讲，出门不能向外人说自己是金兀术后裔，否则有杀身之祸。就这样，完颜世代人守口如瓶、隐姓埋名，苦度终日。在这种情况下，有谁敢写家谱呢？

甘肃省泾川县王村镇，经过近年各地专家学者研究、媒体记者报道、拍摄电影以及完颜村与东北老家人互动走访，一幅幅原女真人历史画面才缓缓向世人展开，一部鲜活的民族史不断地呈现在人们的追忆里，昔日王村镇的辉煌已成为历史，八百多年完颜人的悲欢离合始终不渝地传给后人。现在的完颜村山水依旧，但是人们敢于坦诚地面对这一悠久的历史，以便使后代知道这段永恒地雕刻在黄土陇原上的女真人完颜宗弼（金兀术）亲手创建的辉煌业绩。

《泾川完颜氏传奇》的面世，的确是社会复兴的产物。在二三十年前我当时就留心收集这方面的资料，我对完颜氏屈指可数的几位知识分子，曾分别登门造访；找过比我大二十多岁的老秀才完颜福，他是完颜洼人，在党政机关工作多年。找过完颜玉林，他是中华人民共和国成立前的大学生，曾任平凉地区物资局长。找过完颜虎，他是中华人民共和国成立前毕业的大学生。他们虽是满腔热情，愿意为继承祖先文化遗产出力，却心有余悸。改革开放的今天，我有幸得以实现几代完颜人的夙愿甚感荣幸。尽管我像拾荒者似的从无人问津的荒漠田野捡回、从老人口里抢救了一些即将被历史尘埃湮灭的零碎历史遗存片段，虽然还不完整，总算是一种紧迫的抢救行动。

据我父亲讲，我曾祖父名叫完颜治春，是泾川县长守里世袭乡约，享年八十四岁，其父、祖父、曾祖父均为当地乡士官员，更详细的家谱，因年久无文字记载，无从稽考。完颜治春兄弟三人，二弟名完颜治秋，为乡约助理"园差"，生有三子；三弟完颜治耕，生有二子，按排行，外人习称完颜乡约家有十条汉，为世袭乡约之家。完颜治春是辛亥革命前最后一任乡约，他分管长守里，当时泾川全县共二十四个里，他所管辖的泾河川以北地域，包括王村镇在内。那里生产环境较差，村民们常常因灾荒交不上公粮、税款，按规定拖欠皇粮、税款要由主管乡约全权负责。每到年终他宁肯挨官府板刑，也不愿多收民众粮钱，人们戏称为"烂沟子乡约"，美名广为流传。

据我奶奶讲，她的老公公完颜治春，任泾川县长守里乡约之职，至一九二三年逝世，共任职六十二年。他勤俭守纪，深受老百姓拥戴，为民挨大板而自慰终生。婆婆魏氏，泾川县十里铺人，享年九十六岁，贤惠勤奋、知书达理，除养育五个儿子和三个女儿外，还是乡约的得力贤内助。

我祖父为乡约的长子，名完颜生荣，小名"乐乐"，奶奶吴氏，蓝头吴家村人（据说泾川吴氏是水洛城吴璘之后，吴曦投金后，被封为"蜀王"，吴家被南宋满门斩首，幸存者由完颜纲等人偷偷迁到泾川），他生有三子二女。我父亲为长子，名完颜永瑞，母亲王金鸽（仓店村人），二叔完颜兴瑞，二妈张笃琪（合道村人），三叔完颜福生，三妈邱氏（焦家沟人）。

我父母亲常说，太奶奶魏氏，是个精明能干、知书达理、家教严谨的农家主妇。我至今纳闷，她老人家未上过私塾学堂，仅仅听祖辈们言传，却知道那么多满族的传说故事，满腹治家教子的经纶典故，常听到爷爷和奶奶当着大伙面高谈阔论，"孝当竭力，非徒养身。鸦有反哺之义，羊知跪乳之恩"。这些谆谆教诲都是从先辈们那里代代传承下来的敬老爱幼的家风，难怪拥有三四十口人的大家庭，能四世同堂和睦相处。

奶奶经常用手指着我的头，指桑骂槐，对着娃娃们说："你们这些老满子后代一个个都是没心没肝的狗东西。"

我就指着胸脯反问奶奶："我的心肝不就长在这里吗？"

奶奶便笑逐颜开地说："你们是从天上掉下来的，是从高山顶的石头缝里蹦出来的，是老鹰叼来的……"

等长大了我才慢慢知道，奶奶的戏骂是有来龙去脉的，并非毫无根据。完颜氏老人神秘的祭祀活动，神秘的讲述祖先南征北战的故事，越神秘越能激励人们牢记一生，并能世代口头盛传不衰。补充了无文字记载的忧虑和不足，当然有文字记载的历史遗产更为确切可信，永久传承。

祖先们世代传说：我们是九天神女下凡而来的，是九顶梅花山圣母娘娘用纺的红线送来的。更多的传说是：在长白山绵延千里的山脉东北部，有一处风光秀丽、碧水清澈的湖泊叫布勒湖。数百年前，一个阳光明媚、微风和煦的日子，有三位美丽仙女因喜欢这里的一潭碧波从天而降，来湖洗澡。大姐叫恩古伦，二姐名正固伦，最活泼的小妹叫佛库伦。姐妹三人把衣服放在岸边，在湖水里自由自在地洗浴嬉闹。这时，天空飞来一只毛色黑白相间的神鹊，它把嘴里叼的一颗红色果实投到三仙女佛库伦的衣服上。姐妹们上岸穿衣时，佛库伦看到了又鲜又美的红果，拾起来含在口中，谁知那果子竟自己滚入腹中，佛库伦怀了孕，生下了一个男孩，落地便会说话，转眼间就长得与十多岁的孩子一般大。母亲把食果受孕经过告诉他，并说："你姓爱新觉罗，名布库里雍顺，天神让你降生是为了平定女真各部族纷乱。"然后佛库伦给了儿子一只桦树皮做成的小船，告诉他顺流而下，小船停住之处就是他应该去的地方。说罢飞回天上去了。这个布库里雍顺，就是满族的祖先，奶奶所戏骂的正是我们的祖宗。

奶奶还常给我们讲"乌鸦救主"的故事："你们知道满族人为什么那么喜欢乌鸦吗？相传呀，满族始祖努尔哈赤在一次战斗中，带着几个人与几百名明军遭遇了，由于双方敌众我寡，他们边战边走。眼看明军就要把他们包围了，正当努尔哈赤无计可施之时，天空突然一片漆黑，只见一群乌鸦铺天盖地飞来，神奇地落在了他们的身上。当明军追上来时，见眼前黑压压的乌鸦在这里盘旋。明军迷信，认为乌鸦不吉利，也误认为努尔哈赤已经死了，所以匆匆退兵而去，努尔哈赤他们死里逃生。从那以后，满族人每到祭祀时，都忘不了乌鸦的恩情，总要拿一些肉和米之类的食物来喂乌鸦，如果谁要是哄打乌鸦，那就要遭到众人的谴责。"我和小伙伴们听得都瞪大了双眼，原来是这样啊。

太奶奶和奶奶通常梳一种叫"龙盘高跷"头饰，是方圆几十里人做不出的头饰。梳一次要用两三个时辰，我妈妈和婶娘们也梳过这种高雅的头饰，但谁也没有勇气在大庭广众面前披露过芳容。可是，太奶奶和奶奶的头饰，经常出现在众目睽睽之下。我看了古装电影才恍然大悟，这种头饰是过去满族妇女的一种古老头饰，其名为"龙盘高跷头"。

太奶奶持家严谨，一丝不苟。她说："家有钱财万贯，不如学得一技随身。"因此，我的祖父完颜生荣，碌碌一生除做生意外再无技能，最后还染上吸大烟的恶习，落下太奶奶和奶奶一世的指责和埋怨，常成为奶奶借骂爷爷"不成器""败家子"来教训我们全家人的活教材，也成为我父亲完颜永瑞一生引以为戒、奋发图强、理治家业的动力。

我父亲完颜永瑞，身为乡约的长子、长孙，在村庄部落里办事公正，但凡家族公益事业，都是他出头露面带动大家去干，如供奉祖先遗像、养猪、修学堂、操办叫冤会、耕种稗子、保护坟墓田地、保护芮王坟墓……人们称为德高望重的完颜老会长。记得我母亲常常说，从我太爷爷和爷爷以前就传下一种习俗，凡天黑时来的客人，都要留家食宿，凡吃饭时候从门前过路的人，都要主动让进，要给另行做饭吃，这是几百年来我们家的家规、家俗，谁也不得违背。在二十世纪四五十年代，我还记得只要家里口粮充足，母亲、婶婶和兄嫂们还是严格遵守这个家规。以后由于时代变迁、口粮短缺等缘故，这种习惯也就慢慢被年轻人淡忘了。

我父亲在中华人民共和国成立初期被大家推举为村主任，一九五二年，他白手起家，带领乡亲们自力更生修筑起一座民办的完颜学校，随后转为公办学校，为此，他曾得到地、县教育部门的多次嘉奖。我父亲一九七二年逝世，享年八十二岁。

从我记事起，奶奶每遇到人家有婚嫁事，她嘴里便歌谣不断，边唱边念："铺红毡捣红毡，夫妻二人拜堂前，一拜天二拜地，三拜长白老祖宗。"若遇三月十五庙会跳大神时，她会唱："每年都有三月三，圣母娘娘造法船，头船渡的老太祖，二船渡的四郎神，三船四船不坐人，只接西征亡灵上白山。"细细回想，奶奶虽然不懂更深的意思，但她唱的歌谣句句不离满族。她将结婚嫁娶的嫁妆称为"添箱""排纺"，把娃娃摔跤称为"绊跤"，把三条腿的木凳子称为"杌子"，把擦桌椅的布叫"捸布"。经我多年考证对比，完颜村老人的习俗、话语与其他村庄有本质上的区别之处，就是事事都带有满族用语习俗，这些都是完颜氏家族代代口头传下来的。当我们问奶奶她从哪学来的？她说自从进了完颜家门，就常听她的婆婆公公、爷爷奶奶这样唱、这样讲，自己就慢慢学会唱了。

由于爷爷、奶奶、父亲和村里完颜氏老人的口头相传给我心灵打下了深刻烙印，日积月累，这些传说的故事就逐渐形成了说部《泾川完颜氏传奇》的口头传承文本。今天，又将这些世代口头相传的传奇故事，用文字记载下来，公之于众。

二○一○年七月于兰州

第一章　泾川完颜部落的来历

一、先从康熙过王村（冢）说起

大清建立初期，皇帝为了治理朝政，经常微服私访，体察民情。

话说有一日，天气晴朗，红日当头，泾川阳光明媚。康熙大帝微服一行来到王村（冢）李家山的腰子沟时，突然电闪雷鸣大雨来临，康熙皇帝一行便到一个李姓农夫家里躲避雷雨。这时候正遇上李家为其母亲祝寿。李家一见来了一帮远方客人，当即为客人另备酒席。康熙问到此地祝寿可送何礼？李家人说，送衣物、字画均可。康熙就要来笔墨写下"寿活双甲子，堂前七辈孙。风雨来接驾，紫微拜寿星"的诗句。当时人们你看看我，我看看他，谁也不解其意，也不知道客人的来历、身份。当客人走后几个月，朝廷派人送来银两，说要为李家修"孝贤功德庙"于村口。后来，人们才知道李家来的客人是大清朝康熙皇帝。这座功德庙后经风雨侵蚀和战乱被毁，人们在山顶上又重新修了"西龙山神庙"，随后几经坍塌，几经修复，至今还坐落于山峰上，逢年过节上香磕头敬奉的村民络绎不绝。

这个神秘的故事，在泾川县从民间的口头传说到文献记载，已盛传有几百年之久了。那么人们要问，究竟康熙大帝为什么要到一个这么不起眼的王村去呢？这里边有些更深的故事，你听我慢慢讲来。泾河水潺潺从平凉流过，河川两畔沟壑纵横，山包峁岭起伏连绵。旭日东升，河川山塬雾气蒙蒙。在连绵圆润、迷雾缭绕的山包之下，有个村庄，一排排破旧的窑洞坐落有序，从远看去窑洞像张着黑乎乎的大嘴，似乎要诉说什么。走到近处可见破窑洞前，居民新修筑的砖瓦房院，鸡鸣犬吠，人们牵牛赶羊出出入入，一派古朴原始的山村景象，这就是神秘的王村镇完颜村。

村旁有一条小溪将村庄分为东、西两沟，完颜小学、完颜家族世代祖宗祠堂、三圣宫、圣母娘娘庙坐落其间。完颜，为姓氏，凡姓完颜者，皆属女真族，即现在的满族。女真始帝完颜阿骨打在东北建立了金朝，立国一百二十年。金朝和许多朝代一样为今天留下了许多难以破解的历史迷雾。

泾河水在泾川县的王村（冢）镇蜿蜒而过，八百多年的沧桑巨变，世人却很少知晓，泾河岸边还聚居着一批从东北迁徙而来的神秘部落。这就是女真后裔完颜氏族。这里是当年金兀术屯兵、习武、迂回征战的大本营，由此完颜氏族人在秦陇大地盘桓，繁衍生息，演绎出一幕幕古老而神秘的鲜为人知的历史故事。

完颜氏族人在泾川现有人口五千一百八十二人，一千零二十四户。这只是以男性家族为统计数，若纳入女性人口，全县具有完颜血统的人不下十几万人。按人口规模无疑为全国第一个完颜氏族聚居区，所以当地人们称泾川为"完颜村"。

完颜后裔是金朝的一个家族，又是金朝宗室留居大西北地区的后裔，虽然经过八百多年历史和社会重大变化，但是这个家族生活和凝聚的精神至今未变，村子里还保留着以"完颜"命名的各种标记和名字，比如以完颜村、完颜桥、完颜山为名的这种简单的族别记号，单单从这点你便会看到完颜氏族有着多么强大的生命力。

据清光绪《泾州乡土志·民族卷》所载：数千百年不离其乡井者居多，而乡间世代相传的姓氏如闫氏、史氏、完颜氏。八百年历史如泾河流水，滔滔向前；历史周而复始的变迁，完颜氏族人却一代又一代默默地繁衍生息，静静执着地守护着这片神秘的热土。王村实为"王冢"的谐音，究竟是何人之墓冢至今仍是一个谜。康熙在西王母宫遇险，曾被大金国铸造的大安铁钟相救，那么他为什么专门去王村，这绝非无缘无故，空穴来风，必有缘故，待史学家进一步探测。王村还是民国时期田昆山[①]的故里，曾建有宏伟的田家碑园，其中就有蒋、宋、孔、陈及孙科等人的亲笔题词，后被毁于"文革"时期，如今原地被一座高大而现代化的通信铁塔所取代，王村镇确是一方景色秀丽的风水宝地。

泾川县名来自金朝大定七年，从安定、保定、泾州改为泾川，沿用至今已八百多年。

---

① 田昆山：国民政府高官。

王村（冢）镇有清朝廷重新封给完颜家族四岭子跑马场山地多处，军坪子的习武场地几百亩。中华人民共和国成立前几年，每到秋后有佃户给完颜村交送租粮、租金和猪羊。清朝历代均视泾川为老祖宗根据地，县城以泾河划界，泾河川南至川北为两大里（十四个小里），当时封完颜东沟的完颜治春（笔者太爷爷）为乡约，分管泾河川北一带地域，乡约的弟弟完颜治秋被封为园差。完颜村西边有早在金朝时期由金兀术亲自创办的"四郎殿"，即习文练武殿堂，至今还保存完好，现为王村镇所辖的一座有名的"四郎殿"学校。

女真人是马上得天下，连年的征战拼杀，使他们个个身体强悍，从小崇尚武功的习俗和遗风造就了女真人的民族精神。泾川完颜氏族中，在清朝年间就有武林四举人的美誉。据清乾隆年《泾州志》记载的完颜登甲、完颜登弟、完颜旺，道光年《泾州县志》记载的完颜如兰都为武举人，官至道台，曾为清朝统治大西北立下了汗马功劳。四举人的后裔多居住于完颜洼村，被当地人称为"少爷"的后代老人现还健在。

甘肃省泾川县王村镇，一幅原女真族人历史画面缓缓向我们展开，一部鲜活的民族史永久地雕刻在人们的记忆里，昔日王村镇的辉煌与沧桑已成为历史，八百多年的悲欢离合已翻开一页，现在的完颜村山水依旧。但是，人们敢于坦诚地面对这一悠久的历史，以便使后代知道这段不寻常的历史永恒地雕刻在黄土陇原。讲到这里，人们不禁要问，出生在东北的女真人皇室完颜氏族为什么要迁移到大西北的黄土陇原，一直繁衍生息了八百多年？要解开这个神秘的谜团，就请随我去看一座完颜氏族世世代代守护的神秘的古墓。看完这座神秘的古墓后你会知道完颜氏族要聚居于这里的缘故。

二、完颜古墓之谜

在九顶梅花山下聚居着一批沉默寂静、世代以耕田为生的村民。这批村民在八百多年悠悠历史风尘中，无论历史潮流如何变化，他们都默默执着地恪守着一个信念，就是守护着这座神秘莫测的古墓。那么，为什么要守护这座古墓，古墓的主人究竟是何许人也？众说纷纭，犹如黄土高原上晨曦一缕缕蒙蒙的烟雾，时而明媚，时而迷茫，让后人难以区分明辨。

爷爷完颜治春告诉我们，平凉市泾川县在金朝大定时就被称为"安定郡""安定"二字，从字面来看，这是一个胜利者自诩的古地名。但是这个地方并不安定，在八百多年前，宋、金、西夏之间曾在这块神秘的土地上发生过无数次激烈争战，这个古战场历时四十余载的厮杀拼争，最后以完颜阿骨打的四太子完颜宗弼（金兀术）为统帅的金军取胜后被命名为安定郡。

从古战场西北方向看，完颜村境内有几座形似馒头状的山巅相连，直竖天边。这就是人们相互传颂的那奇特的九顶梅花山和十二朵连环巅。从远处眺望，它蜿蜒起伏，九曲连环，俯视山巅恰似一朵盛开的梅花，更让人迷惑不解，最令人好奇的就是那凄凉而悲壮的九顶梅花山传说故事，而这些传说故事都与完颜氏族息息相关，事事引人入胜，听祖辈们的这些传说故事，真让人困惑难解。

这座山下分东、西两个大坪，分别有两座笼罩着一层浓浓神秘面纱的古王陵墓。东沟坪上有金兀术之子完颜亨墓，称"芮王坟"，而西沟坪上是明太祖朱元璋第二十子朱松之墓，死后被封为"宪王"，两人同葬于一坪，两座墓前后相隔二百多年，这难道是一种历史偶然的巧合？或是古人为争占龙脉风水？一时谁也难以说清楚。

尽管在历史变迁中人们出于良好的愿望和民族感情，对金兀术存有某些误解或偏见，然而历史证明，完颜阿骨打的四皇子金兀术与其子南征北战为金王朝立下赫赫战功，这是不容抹杀的。金兀术曾迫使南宋赵构俯首称臣，可称得上是历史上一位天才的军事家、政治家。宋金之战，实为中华民族兄弟间一场"室内操戈"之争。完颜亨虽不及他父亲金兀术名声大，没有使金朝上下人人皆知，但完颜亨自幼随父征战，战绩显赫，在秦陇大地屡建奇功，这在金朝内部是人所共知的，所以早在金熙宗时就被封为"芮王"。

皇统九年海陵王完颜亮弑熙宗后称帝，大杀重臣培植自己亲信。完颜亮当了皇帝后心里总是不太安宁，恐怕太宗诸子得势，想尽一切办法要消灭他们。而完颜亨曾与海陵王同在其父金兀术帐前奉职，他们之间为兄弟加战友的关系，海陵王深知完颜亨才勇过人，对他采取既拉拢又提防的办法。完颜亨因性耿直、自负，没有识破君臣关系突变后权力之争的险恶形势。

有一次海陵王赐完颜亨良弓，完颜亨不但没有以臣礼感恩受赐，反而推辞，并直言地说："所赐弓，弱不可用。"这样势必引起海陵王的记恨。有一次他与海陵王击鞠时竟忘乎所以，大显威武，使海陵王当众出丑。还有一次出猎中遇一群野猪，海陵王屡射不中，而完颜亨执铁链远击猪腹中。完颜亨不懂得为臣之道，更不会向皇帝拍马奉承。这就种下了海陵王必杀他的种子。完颜亮深感完颜亨的勇猛武功和其父的威望对自己构成威胁，于是收罗编造罪名以便除掉完颜亨。正在这时，完颜亨的家奴梁诬告完颜亨与卫士符公弼谋反，后来虽然查无实据，但并没就此作罢。完颜亮为了加强对完颜亨的监视，就将完颜亨改为伊宁府任职，并派李老僧等人暗中观察动静，令其虚构罪名。

偏巧完颜亨的家奴六斤与完颜亨的侍妾私通，完颜亨得知后愤怒地说："必杀此奴。"六斤得知后便诬告完颜亨要刺杀海陵王。海陵王令工部尚书耶律安礼和大理正忒里等人审问完颜亨，完颜亨说："我实无反心。"海陵王大怒，遣李老僧又审讯完颜亨，派人在夜间偷偷进入完颜亨的囚所，将其杀害。海陵王听闻完颜亨已死，假装掉几滴泪。不久，又杀完颜亨妃徒单氏、次妃大氏及其子完颜羊蹄三人。同年海陵王遇弒身亡，世宗即位，金世宗在大定初年恢复完颜亨"芮王"官爵，随后晋封为"韩王"（承袭了其父完颜宗弼韩王爵位），大定十七年改葬完颜亨及其妻子。

说到这里，人们不禁要问，完颜亨一族，究竟葬于何地？历史资料从未有任何记载，几百年来人们到处查找却都不知晓。但是，完颜氏族人都能给你这个答案。真乃踏破铁鞋无觅处，得来全不费功夫。

各位阿哥，不要着急，你还是跟着我沿着这座九顶梅花山巅向前看，从这批完颜氏村民的身上来揭开层层迷雾，探索它的来龙去脉和历史踪迹。完颜东沟坪有个"芮王嘴""芮王坪"，坪正中有一处叫"碑子坟"的墓地，二十世纪末墓地中的石碑、石马、石狮、石柱满地，气势宏伟，但墓碑上让人费解的是竟然无任何文字记载。完颜家族世代相传虔诚地敬奉、守护这座墓，谁也不说出墓主姓名，他们守口如瓶，一代又一代，年复一年地默默守护着，他们不但守住了一代王陵，也守护了一段鲜为人知的历史秘密。完颜亨惨遭杀害葬在这里，其封号后虽然被追复，但当时内部争权互相残杀，这和对外与南宋、西夏、蒙古战争连绵不断有关。芮王陵隐匿为无名氏的"碑子坟"顺理成章地延续至今。那么完颜亨于一一五四年被害于广宁（现锦州北镇），距甘肃省的安定郡相距千里之遥，缘何要葬于安定？当时除了北有蒙古，西、南与南宋仍有战争，唯独安定郡是较为平安理想的安葬地，并且曾是金兀术父子旧部和完颜亨的母亲和妻子徒单氏的族部的属地。所以，完颜亨的家族为避免迫害，亲友和近臣们便护送完颜亨的遗灵一路来到金兀术的旧部营地,将完颜亨葬于现在的泾川县王村镇的完颜东坪正中。

另外一个原因是,完颜承裔(完颜承麟之兄),又名白撒,他统治平凉几十年,他们的部属在平凉还有一定势力,将芮王迁葬于九顶梅花山脚下成为绝好的去处。此坟墓靠西一百米处有座温家坟,向东一百米处有座吕家坟,二十世纪四五十年代每逢年节上坟,祭祀者络绎不绝,他们大多居住在泾川县水泉寺村,这正符合金史等史籍中的记载,也与完颜家族至今供奉的祖先遗像影画完全一致。

我们揭开了一座古墓的神秘面纱,还有一座古墓的面纱也需要揭开。在泾川县城东面有一个聚风敛气的簸箕掌,这里有座完颜氏族的古墓,由古墓旁边住着的几户完颜氏人守护着,每年过年、清明节,完颜氏人杀猪宰羊,由老会长带领,背着猪肉、煮馍、香火前去祭祀,这究竟又是谁的古墓?

据清光绪三十三年泾州知州张元森著的《泾州乡土志》中载:"完颜氏相传为大金国后裔。承麟帝为元所灭,其后裔遁于安定,成为泾州土著。"这篇志书记载了大金国中都被元攻占,金哀宗完颜守绪由汴京逃到归德,之后南逃蔡州(今河南省汝南)。不久,宋、蒙联军攻进蔡州,当夜哀宗传位给宗室完颜承麟,金哀宗自缢于幽兰轩。完颜承麟受命于朝廷,成为中国历史上只当了一天皇帝的帝王,元灭金后战死于河南省的汝水畔。

据老人们说,当时有的女真人向东南迁移,少数人北上投奔元朝为官,只有承麟亲臣家族,如完颜承辉等重臣,沿着丝绸之路向西北奔命。众部属护送承麟亡灵至长庆塬边时,众亲臣们远眺川流不息的泾河、汭河,犹如两条蜿蜒的巨龙,互相拥抱紧紧交融后向东奔流而下,回山王母宫山峰屹立正中央,与瑶池紧接,山的顶峰天池清澈透明,松柏郁郁葱葱。西面巍峨的六盘山峰将崆峒仙景紧紧拥抱于怀中,景色秀丽异常,一派天灵地祥、生机盎然的仙光宝气景象,众亲臣惊喜地犹如回到了老家。完颜氏族人与众臣将完颜承麟的亡灵安葬于城东泾河与汭河交汇处的簸箕掌。承麟葬于安定,还因为七十年前曾有本家祖墓完颜亨在此安葬,同时又是完颜宗弼(金兀术)盘踞多年的地域,从此便有了新的王陵。完颜家族对芮王陵墓采取极其隐匿的办法来守护,不敢明目张胆地祭奠。从此,又有了末帝完颜承麟的坟墓。每逢年节,由族胞推举的"坟头"杀猪宰羊率全族老幼公开上坟祭祀,然后将肉分成若干份给各家各户。近几年族人为了祭祀方便将承麟墓迁到完颜村。

全族还敬奉一幅上有阿骨打，下至承麟及承晖的先人影像神画，称为"皇神"。完颜氏族将这幅影像画视为祖先神，叩拜至今。左右邻居村民们都知道完颜村的来历，从此也心照不宣，谁也不提金兀术，不唱、不听"岳飞大战金兀术"之类曲艺戏文，成了一条不成文的约定。这批女真人与当地汉族人互通婚姻，共存共生，彼此亲密无间。

元灭金后有"唯完颜一族不赦"的政策，在元军的追杀下，许多完颜氏族纷纷改名换姓，据悉平凉周边叫杜家沟、杜家塬的村庄原为完颜亨母亲的家族徒单氏人，现改为杜姓。唯独这批住在完颜东沟、完颜西沟以及北邻合道乡的完颜洼和城关的遥池沟几个村庄里的守陵人，保全了完整的完颜姓氏。

这批女真人是败兵之将，皇家后裔，由贵族到平民，只有与当地人互通婚姻，长期磨合，过渡为土著人，才能生存下去，所以必须改名换姓。据悉平凉市峡门乡的甲积峪有批回族同胞，在世时姓张、王、李、赵，死后才冠以完颜姓氏。完颜家族守陵人现已繁衍发展有五六千人，在八百多年来的历史长河中，他们默默守护了一代王陵古墓，而古墓拯救了他的后裔，历史便如此周而复始，忽明忽暗地捉弄和迷惑人们，但终归如黄土地上初升的太阳，迷雾将被驱逐，历史的真实面貌将昭然于世。

每个人的一生都是在童年甜蜜的梦幻中度过的，我从小就耳闻目睹，经历了祖辈们的言传身教，并受到潜移默化的影响。完颜古墓那些神秘的传奇故事，在我幼小的心灵中留有崭新的痕迹，如铭刻于脑海中的一道道烙印，一生中总想去探索、揭示它的真实面貌，让世人一睹其中的历史风采。

万分荣幸，今天恰逢繁荣和谐的社会，才有了探索泾川完颜氏发展演变的可能，由于时代所迫，泾川王村镇完颜氏被历史尘封了八百多年，如今才有了揭开迷雾重见天日的可能。在这漫长的岁月里都发生过哪些故事？有何演变？我先带你游览九顶梅花山峰，然后再向你娓娓讲述那些传奇故事。

三、九顶梅花山的传说

每当冬季来临，大雪铺盖陇原大地的时节，在完颜村暖融融的土窑洞里，老人们常常给青年人讲起九顶梅花山的传奇故事。老人讲得有声有色，神乎其神，年轻人听得津津有味，浮想联翩。如今大金国的遗留历史已定格在我们面前，完颜村已经成为独具特色的民族文化标记。完颜氏老人讲述的故事，在将那悠远的战鼓声推移得越来越遥远的时候，历史的浮沉、变迁、演绎的轨迹常常忽明忽暗地朦胧于黄土尘封之外，让世人以新的理解去诠释这些故事。

在王村镇完颜村后的群山里，有九座像馒头似的山峰环环相连，绵延起伏，相互环绕，恰似一朵盛开的梅花，在紫色的云雾氤氲之中更显示出神秘莫测的景象。在完颜村有这样的传说：九顶梅花山是白花公主坐化的圣地。在很早以前我经常听老人们说，白花公主是从遥远的东北来的。据说，至今在吉林省吉林市乌拉街也有白花公主点将台的古遗址，历史虽然无声无息，这东西相距万里的白花公主遗址，却活灵活现地遗留于世人的眼前，绝非是历史演变中偶然的巧合，而是历史发展的必然结果。还有一件事你听了会感到更有意思。在完颜村，当地人们称白花公主为圣母娘娘。民间还有一种说法，圣母娘娘就是金兀术的小妹爱妮公主。与此同时，在黑龙江省绥化地区同样也有一座爱妮公主坟的遗址。这说明，甘肃泾川完颜村的白花公主圣母娘娘与相隔几千里的东北白花公主点将台和爱妮公主墓的古遗址一脉相承，是同一条祖宗血脉派生出来的，这就告诉我们，圣母娘娘、白花公主、爱妮公主的传说是有一定根据的。这种现象不是孤立的，它必然有其内在的联系。

随着时代的变迁，到了清朝的中后期，圣母娘娘又演化成了皇甫圣母娘娘庙。历史遗物在不同的社会发展时期，人们往往赐予它以不同的信仰观念和称谓，神灵也不例外，随着时代发展也变换了她的角色，为人们所利用、所敬仰。人们在圣母娘娘的头前又冠以"皇甫"的姓氏，更显示出金朝完颜氏皇族的身份。

关于九顶梅花山的来历，它的神秘之处并非在于山势的姿态而是它所蕴含的内容。长期以来，人们对九顶梅花山有很多的想象。有人曾提出九顶梅花山是人工精巧建造的九座王陵。九顶梅花山下是九座宫殿等猜测，至今都没有充分的根据。我们完颜氏人认为，在那闭塞偏僻的黄土高山沟塬，用人工建造九座山包似的宫殿是不可能的。

我作为说书人依据祖上流传的女真族古老神话传说故事，可完整地探索、揭示出这一秘密。下面就听我慢慢道来。女真族本来神话传说故事极其丰富多彩，由各种形态的神话构成种种古文化系列。我的爷爷和奶奶、太爷爷和太奶奶就经常讲女神和九天神女的传说故事。这些女神的故事产生于不同历史时期，折射出不同历史阶段民族的物质文化、精神文化，对研究满族及其先民的经济、历史、宗教、习俗、心理都有着极大的价值。它与其他民族的女神一样，如在中原地区，与汉族的《女娲补天》等神话一样是最为原始文化母胎滋养的姐妹篇。老人们常对我讲《完颜部的传说》，从九天神女与始祖函普成婚建立完颜部开始，一直讲述到阿骨打反辽建立金朝。其中讲到阿骨打追封的十位先帝：始祖函普、德帝乌鲁、安帝跋海、献祖随阔（绥可）、昭祖石鲁、景祖乌古迺、世祖劾里钵、肃宗颇剌淑、穆宗盈哥、康宗乌雅束（追封十位先帝的传说亦称十帝传说），人物性格鲜明，故事朴实、生动。在史籍中，对这些人物的文字记载都是一鳞半爪，而这一系列口头传说故事却比较完整、生动地展现出一幅栩栩如生的完颜部起源与发展的历史画卷，我们完颜人虽然远离东北，定居甘肃，但祖先的传说也毫无例外地继承下来。

那么，九顶梅花山的"九"字缘何而来？我们完颜氏人认为，除了人们用以对皇家的尊称表示至高无上之外，九天神女的传说与完颜村民每年定期隐蔽的祭祖活动——"叫冤会"敬奉神灵中就有圣母娘娘、西王母娘娘、九天玄女等诸多女神，无疑九天神女是女真人以及后来的满族的根基所在，是泾川完颜人的精神依附。

爷爷和奶奶常常对我们讲，咱们完颜部原来是生女真的一支，始居鸭绿江上游及图们江流域。后从长白山地区移居黑龙江中游，又几经辗转迁徙，至献祖随阔时，始定居于安出虎水（今阿什河）畔。

那时候的祖先还处于穴居状态，过着"夏则出随水草以居，冬则入处其中"的游牧生活。在随阔定居安出虎水之前，正是完颜部形成的初兴时代，是由母系氏族向父系氏族过渡的时期。那么，老人讲的完颜部的始祖母究竟是谁？完颜部是怎么来的？这在《九天女》和《女真人的来历》等神话传说中，都有活灵活现的描述。

传说，完颜部的始祖母是天上的九天神女，一日，姐妹到长白山天池去洗澡，偶然和一个从外地来打鱼的小伙子相遇，九天神女和他互道所来，二人相悦而结为夫妻。他们为了逃避天帝的惩罚，离开长白山，逃向黑龙江边，找了一处靠山临水的地方，以山洞为家，从此他们靠捕鱼、采果为生。九天神女是一位心灵手巧的女子，她能用鱼刺当针，缝制鱼和兽皮衣，会用石头磨成石刀、石斧。他们在一次火灾中，发现被火烧死的野兽肉吃起来很香，由此不仅学会了保存天然火，用火烤食鱼兽，还知道用火取暖和烧火防止野兽的侵害。就这样两人生活得很好，一来二去，九天神女生了一男一女两个后代。在一个草绿花红、鸟兽繁生的日子里，渔郎又去河边打鱼，突然被一群赤身裸体的女人抢去，留在身边不放，逼着渔郎和每个女人交欢。后来九天神女找到了她们，大家相约和好，共同生活在一起，不久渔郎病死。众女子也都生了孩子，人口骤然增多，人丁兴旺起来，形成部落。九天神女领她们捕鱼、打猎、缝衣服，磨制石刀、石斧，用草木搭盖鸟窝似的房子居住，共同劳动，相依度日。在游猎中，九天神女借助黄犬、海东青的神力，在黑龙江口以北，战胜了三头六臂的妖怪，从而远近闻名。由于九天神女聪明智慧、神勇无比，人们共同叫她"女真"。历史上的女真人，就是从这时产生的。

老人们讲的这些远古祖先生活情景的传说，虽然是经过后人一代又一代复制、传颂，并混有后世人的观念，但透过故事传说，反映了女真人以采集、捕鱼、游牧为生，使用磨制的石器从事生产、抵御敌人，皆归于女首领的功绩，反映以九天神女为首的母系氏族群体的社会现实，显然略带有宇宙洪荒、人类初开的意味。老人在讲《神仙点化》等故事中说，九天神女的儿女们长大之后，相互间自配夫妻，所生的孩子当然都是痴傻笨呆。九天神女为此十分愁苦，担心部落兴盛不起来。当她终日忧心忡忡之时，被一位鹤发童颜的老翁所点拨，为她指明解救之法。事隔三年，当九天神女六十岁时，突然山崩地裂，风雨大作，滔滔洪水，将子孙们全部淹没。完颜部经过这场劫难之后，年迈体衰的九天神女，孤苦地坐在山坡上，望着洪水，黯然神伤。但就在完颜部面临灭绝之时，九天神女再次在神仙的点化下，绝处逢生。这便是正史中所说的第一位始祖——函普的出现。不难理解，我小时候奶奶常骂："你们是天上掉下的，石头缝里蹦出的，九顶梅花山掉下的……"

函普来到完颜部时，母权制还没有完全解体，正是由母权制向父权制过渡时期，女首领、女家长还有一定的威望。当九天神女和函普结婚后，仍是九天神女执掌着部落大权，至九天神女年老时，她建议选函普为部落酋长，人们依然听命照办。故事中说：函普与九天神女结婚之后，从外地得到许多骏马，九天神女也用貂皮换得五十五头牛，又引来许多海东青。这样，完颜部的生产资料急剧增加，生产力迅速提高。为了便于生产，九天神女就把马、牛、海东青等集体财产，分配给个人管理、使用，不再收回。从此，私有财产随之出现，个人家庭相应建立。生产活动的范围也扩大了，于是她们从林中、河畔逐渐走向平原。此后，九天神女感到部落的事务日益繁重，她自己年老体衰，就让大家选一男子管事，并建议推选函普为部落首领，大家便遵命选了函普。函普是来自文明较高的部落，有见识、有能力，自任部落首领后，为了解决部落内因财产和婚姻问题而引起的纷争、械斗，他给部落立了法规；为了抵御外部落的袭击、抢掠，他带领大家习练武艺；为了寻找炼铁基地，他不畏艰险，受尽磨难，最后为此献出了生命。总之，函普是完颜部第一任男性部落首领，他的功绩辉煌，名垂千古，他的功绩一直为后人传颂不绝。因此，函普和他的儿子乌鲁时代生产力发展很快，私有财产日益增多，又由于受先进部落经济与文化的影响，已学会了炼铁、造弓箭和家具，使生产力发展到了一个新水平。

在老人们讲的《跋海》故事中，说乌鲁的儿子跋海，在与海龙王征土夺地的斗争中，战胜了龙王，消除了水患，各部群众欢欣雀跃。跋海在与海龙王的斗争中，救出蒲聂家族一个十七岁的女子，这女子就做了他的媳妇。他们婚后奉九天神女之命，离开大家庭，二人单独居住在离剖阿里不远的地方。在外经过几年的闯荡、奋斗，终于在安出虎水一带，创建了带火炕的居室，学会了用牛耕地，又掌握了培植树木等技艺。在此过程中，他与林木的女儿（可理解为林中人），名叫树女的姑娘相识、相助，最后结为夫妻。夫妻二人共同劳动，建设家园，便将祖父母和父母都接来居住在一起，从此在这里定居。《金史》中所说随阔耕垦树艺，建纳葛里，定居安出虎水，正是对这一传说的概括。随阔时代，完颜部的经济生活有了飞速的发展和进步。在现今的黑龙江阿城区境内的大海沟（海古水）、阿什河（安出虎水）两河流域之间种植五谷，刳木为器，制造舟，建造房屋，摆脱了逐水草迁徙的穴居野外生活。由于炼铁业的大发展，铁剑、铁斧、铁犁的应用，使手工业也得到飞速的发展，完颜女真人跨入了自己的"英雄时代"。

从完颜部第五代昭祖石鲁，经乌古迺、劾里钵、颇剌淑、盈哥到乌雅束时期，是完颜部不断发展壮大的时期。在这一历史阶段，完颜部在除原有的渔猎、畜牧、农业之外，手工业、采珠、挖参以及炼铁业和交易等，也都有了日新月异的发展。尤其在与辽国的关系上，完颜部的地位得到了显著的提高。初期，石鲁被辽国授以惕隐之衔，继而乌古迺又被封为生女真部族节度使，并允许部族世袭。

咱们回过头再来说说完颜部一代代，逐渐发展壮大的事。到了阿骨打继承祖业之后，他以其卓越的才智，把完颜部的发展推向顶峰。辽朝到了末年，政治极端腐败。天祚帝为了维持其穷奢极欲的腐朽统治，加紧了对辽朝统治下的各民族的掠夺和压迫。辽朝除每年向女真征收缴贡马万匹等物外，还在各方面对女真人进行奴役和勒索。经常以暴力掠夺女真人财产，女真人怨恨极深。辽朝皇帝和契丹贵族喜好打猎，每年向女真人征收的贡品中除北珠、貂皮、良犬、人参等物外，还向他们索要他们最喜欢的海东青。女真人为了朝贡海东青，被迫离家去千里之外的北疆捕鹰，不知死了多少人。女真人不堪其苦，奋起抗争。更令女真人不能容忍的是，辽在征发兵马等紧急事件时，派使者带着银牌，号称银牌天使，到女真境内，要女真妇女伴宿。起初是女真指定中、下户未嫁的女子陪伴住宿，后来使者络绎不绝，他们仗着大国的威势，自己选择美妇人，不问有无丈夫，也不问是否是女真贵族妇女，只要喜欢便要。完颜部女真人实在忍无可忍，愤怒反抗。阿骨打沿涞流水（拉林河）右岸，建十城七寨，修弓矢，备器械，力农积谷，练兵牧马，积极积蓄力量，准备反辽。

当时阿骨打和他的第七房妻子图玉奴居住在寥晦城（今黑龙江双城市对面城），亲自训练兵马。一一一四年九月，完颜女真反辽战争开始，阿骨打统率两千五百人集结于寥晦城，而后渡过涞流水，在今吉林省扶余市徐家店石碑崴子屯（距寥晦城约八公里），得胜后誓师西进，一举攻下了辽朝的军事重镇宁江州。一一一五年正月，完颜阿骨打称皇帝，国号大金，建都上京（今黑龙江省哈尔滨市阿城区城南白城）。金国建立后，随即展开反辽的大规模的战争，并终于推翻了辽朝天祚帝的统治。

老人们从九天神女讲起，一直讲到完颜部的产生，再到建立大金国，这些传说故事与九顶梅花山神秘传奇有着密切关联，因故九顶梅花山的传说故事中的主人公多为女性的神仙。老人们给我们讲述，她们都生长在大金国朝廷，都是善良和蔼、知书达理、深受太祖器重的金枝玉叶的小公主；她们都是美丽超群、能骑马、善射箭的巾帼女英雄，在宫廷内外，名声威望较高。白花公主早先与辽王府来往甚多，后对辽国的耶律公子产生爱慕之情，不久因宋、金突然议和结盟灭了辽国，爱情之火被残酷的战争所扑灭，她又不忍目睹宫廷内血腥的骨肉残弑，欲以萨满教、道教的理念来感化、拯救男人们雄心勃勃、热衷于武力争战的心灵，她曾三度出家为尼，又三次随朝廷政权的更迭而还俗，最终历经艰难困苦，千里迢迢随军迁徙到辽阳，又辗转到金中都（北京）、汴京（开封），最后才隐居于昆仑山支脉的崆峒山的一方净土——西王母娘娘一侧的九顶梅花山，修成神仙。后裔们在完颜东沟坪上修建了圣母娘娘庙，作为完颜氏人们世代相传的精神寄托，常年香火缭绕，敬奉至今，以保佑弟子们平安吉祥。

白花公主、圣母娘娘经历了大金国从兴盛到衰亡的始末，圣母娘娘庙可谓完颜氏族世世代代生息延续的精神支柱。

老人讲述，九顶梅花山和十二朵连环巅的故事，件件悲壮悠长，事事和完颜氏族人息息攸关。人们一辈又一辈，由孩童变成白发老翁，虔诚地讲述和传承着这些故事，坚定不移地默默守护着他们先祖的陵墓，敬奉着圣母娘娘。他们不但守住了这段历史沉浮的文化遗痕，也守住了一个至今让人迷惑难解的不断变迁的历史谜团。白花公主与甘肃华池县的双塔寺院的两姐妹彩霞和彩云成神后变成姐妹双宝塔，她们同是皇宫弱女子，又是姑姑与侄女的关系，她们的命运相同，在我们陇东地区人人都会讲"姑姑等！姑姑等"的传说故事。而实际在夏天的田园里有一种布谷鸟的叫喊声让人听得很悲惨，又很亲切的一种感觉。

经过老人们讲述，我们初步了解到九顶梅花山是白花公主坐化成神的圣地。下面就请接着听，完颜人心灵深处的圣母娘娘——白花公主的传奇故事。

四、圣母娘娘传奇

我从小就常听老人讲，九顶梅花山是圣母娘娘（白花公主）修仙成神的仙山圣地，可是九顶梅花山的名字到底出于何人？寓意在哪？晚辈们很少有人能说清楚。老人们告诉我们，九顶梅花山不仅仅是指山体形态而言，而是说它与九天神女的传说故事有关，否则就无法揭开这个几百年的谜底。你想想，完颜氏族人八百多年来守护了一代庙宇和王陵古墓，而庙宇古墓拯救了他们的后裔。因此，那座庙宇和王陵古墓就成为完颜氏族人的命根子，是完颜氏族人的精神寄托。人们一看见九顶梅花山就如看见了白花公主（圣母娘娘）、爱妮公主等众多的祖先女性人物，她们活灵活现地展现在人们面前。她们神秘而真实的风采和英雄事迹被完颜氏族人世代传承，家喻户晓，催人泪下。

（1）"初新"和"跳神"

每年正月初五至初九举办"跳神"和"回奉"活动。完颜氏众族人理解到神灵的寂寞，这几天都要将圣母娘娘凤辇请出庙宇，选一平坦宽广的草地，面朝东停放，旁边停放着四郎神轿子，上坐一位英俊潇洒的娃娃神。阖族老幼皆焚香敬拜，敲锣打鼓放鞭炮，这叫"初新"。刚过罢年，万象更新，圣母和四郎神灵，他们毕竟是热爱生活的宫廷女子和风华正茂的青年，趁"初新""踏青"之时出庙宇玩耍娱乐，而族人们借机求圣母神保佑他们来年五谷丰登，平安吉祥。长老前辈跪最前边，向圣母敬奉默念，叫"回奉"，专由有文化、德高望重的长老向神灵"回奉"。这项活动异常神秘，双手焚香叩拜，连连叩头，嘴里念念有词。"回奉"只能看见长老嘴动，不能使别人听见声音，否则要招来杀身之祸。我从儿时曾对长老做"回奉"深感不解，曾经探听过究竟，但老人总是推诿地说："娃娃们，将来好好读书，会明白其中真谛的。"为此我苦苦探索了一生。

完颜氏族的"回奉"用场极其广泛，每年祭祀祖先影像神和"跳神""唱戏""耍社火"都要由长老向祖宗画像神灵"回奉"一番，只能看见嘴动，听不见言语声音，而其他庙宇也有向神灵许愿、还愿、乞求保佑之类的"回奉"，大都高声朗诵，能听清声音和内容，唯独完颜家族向祖先影像和圣母娘娘的回奉被蒙上了一层神秘的面纱。中华人民共和国成立后，随着党的民族政策的贯彻执行，这"回奉"的神秘已被诠释和解禁，其实"回奉"就是为圣母娘娘请安，颂扬"白花公主历尽艰辛，从千里之遥的关东乘轿辇来到中原，坐化于九顶梅花山，为保佑阖族弟子吉祥安康，告慰芮王冤魂，恩德齐天，有求必应"之类颂词。族中长老隐蔽地借助祭典，抒发内心怀宗念祖的民族情感，所以先人影像、圣母娘娘已成为完颜家族神圣的精神寄托。

（2）滴滴泓泪聚成溪流

我们知道在九顶梅花山脚下，有完颜亨（芮王）的陵墓，左右两旁有两道深沟，分别叫"水渠沟"和"凉水泉"，这两处地方传说是圣母为众弟子繁衍生存，年复一年以滴滴泪水点化凝聚而成的泓泪，慢慢形成常年涓涓流淌不息的两股清澈透明的溪水，清甜可口，潺潺流过完颜氏村庄，灌溉田园，滋润族人生存。若遇到干旱少雨的年景，人们便成群结队前往山下的湫洞，向圣母娘娘神灵焚香敬拜"祈雨""回奉"，请圣母大慈大悲，滴泪成甘露，拯救受灾遇难的众弟子，据说有求必应。当然，这只能是人们的一种精神期盼而已。从这里不难得知，此处可谓安定县的一方优美的风水宝地，而安定正是八百余年前宋金争战三十余年之久的古战场，最终完颜宗弼取胜。

传说中圣母娘娘在此坐化成神，费尽心血，滴滴泓泪聚成一道溪流，拯救了她的弟子，这便是顺理成章的事情，村民至今还世代传诵着"九顶梅花山，十二朵连环巅，中央坐尊女大仙，芮王冤魂笑升天"的歌谣，似乎此山颇为神秘奇特，然而只是山势蜿蜒九曲，恰似一朵梅花形状而得名，正可谓"山不在高，有仙则灵"。老人们常说，九顶梅花山就胜似神圣的长白山，圣母娘娘就是神圣的王母娘娘。

从这些活动中映射出完颜氏守陵人的民族意识。我从小在长老们潜移默化的教诲中领悟出了这段历史的内涵和真谛。如像每逢过罢春节"初新""迎春""踏青"时，圣母娘娘的轿辇启驾和回庙均由四人抬、四人帮，分为抬方与帮方，往往由两个家族，或两个庄园，或者壮年与青年两组，不约而同地组合成为一次驾驭轿子游戏，实际是双方私下较量体力、能耐的竞赛活动。当抬轿者不愿回庙，向四野奔跑，看帮轿者一方有无能耐驾驭轿子进庙，或者抬轿者佯为圣母神灵意愿，就地不动的样子，看对方能否启动轿辇向前行，这样反反复复比试，还是请不回去，原地不动，或继续四处奔驰不止时，双方已比出了高低。当双方势均力敌时再由长老"回奉""不孝众弟子，敬奉圣母娘娘欠周，赦免弟子罪过，来年某月某日定唱戏、跳神，从即日起办社火，为圣母弹尘披红，重塑金尊……"这样圣母轿辇顺顺当当回庙，耍社火的日期已选定。借助这种活动比试气力、武功和计谋、能耐的竞赛活动，为完颜家族独有，为满族的先民女真人祖传。

（3）圣母娘娘捻毛线的故事

老人们传说，若为人诚实，就能在夜深人静时，听到九顶梅花山上"呜——呜——呜——"的声音，那就是圣母娘娘捻毛线的声音，她一年四季捻呀，捻呀，不分白天和夜晚地捻毛线，她捻的毛线能从东北绕到西北，能从天际拖到地狱，凡是族胞所到之处都由她捻出的线来连通，你若路遇不测可从红线上呼喊，请圣母娘娘求助，圣母娘娘便会有求必应。传说这条线与东北的长白山、大房山和甘肃的华池双塔寺院、崆峒山、水洛城、太统山相连，上通玉皇大帝、王母娘娘，下接地狱阎王，还与萨满女神相通。

（4）泾河老龙王救金兀术

话说某年某月的一天，完颜宗弼（金兀术）从和尚原战败，身受重伤返回营地时，泾河突然洪水暴发，难以回营。兀术在临危之际只好向圣母求救。圣母立即通过红线请泾河老龙王出面救兀术渡河。可是很不凑巧，这一天正是魏征魂梦监斩泾河老龙王的祭日。老龙王正在愤怒之际，泾河便发起了特大的洪水。这时泾河龙王听到太空传来了一阵阵女神仙的求援声，他猛然从万分悲痛中苏醒过来，向泾河岸畔远远一望，果然泾河两岸洪水泛滥，浪涛汹涌澎湃，从崆峒山谷直冲而下，河边百姓悲痛地向苍天呼救。老龙王这时又向空中望，只见圣母娘娘驾着祥云从远处向他盘旋而来，并频频向他招手，他这才从悲愤之中转过神来，发现大金国的四太子金兀术被洪水阻挡在泾河岸边。老龙王不假思索地向天空拂甩了一下长袖，说道："最初不知何人到此求救，后来才知是天皇大帝降来人间的赤须龙，金国四太子兀术大元帅！咱们本是一家人，哪有不救之理！"说罢就伸手向空中一指，那洪水顿时停流，宗弼得救，顺利回到了营地。这个传说从金代一直流传到今天。

完颜氏族人这些传说故事，其更深层渊源和内涵就是在满族古代女真人神话故事，九天神女受天神旨意，繁衍了女真后裔的传说基础上发展而来。故事中以白花公主为代表的众多宫廷女性的化身，这一点，并非虚渺的猜想，或后人刻意的勾勒和复制，而是确切真有其人其事。

完颜村有那么多王陵，"九顶"的寓意必然与皇家帝王以九霄、九鼎为至高无上密不可分，圣母娘娘与九天神女不无相似，这些神秘传说，人们至今津津乐道，世代传颂，与完颜氏的祖宗根基紧紧相连。刚才你听了完颜氏族人诸多的传说神话故事，再跟我来观赏完颜氏族人至今敬奉的一幅祖先影像，更会让你大吃一惊。

五、密存供奉千年祖传遗像

方才咱们走马观花，领悟了完颜村古墓、山岭、溪流的风光和依附在它们身上的民间传说。完颜老先生讲，这些传说是有根有蔓，甚至说我们的完颜氏族的族人与这些主人公都有着血缘关系，我们都是他繁衍几十代的子孙，这从完颜村人敬奉的祖先神像找到了根据。完颜家族从一二三四年承麟帝安葬于安定（泾川）后至今他们一直供奉一幅祖先画像，人们称为"影像神"，这幅画像为学者从中深入考证研究泾川完颜氏提供了充实的史料根据。

泾川完颜氏为女真族，在很长时期内本族不愿向外宣扬，外人也无法得知他们的详细根源，八百多年来一直停留在十分闭塞的环境中。据祖训代代相传，自元灭金直到中华人民共和国成立后，泾川完颜氏，每年清明节都要秘密祭祀先人影像。在泾川隐秘供奉祖先画像的女真人算是屈指可数的一个家族。完颜氏祭祀的先人影像与民间其他部族有所不同，它画有金太祖完颜旻（阿骨打）、金太宗完颜晟（吴乞买）、金熙宗完颜亶、海陵王完颜亮、金世宗完颜雍、金章宗完颜璟、卫绍王完颜永济、金宣宗完颜珣、金哀宗完颜守绪、金末帝完颜承麟十代帝王的画像。

人们以为完颜氏祭祀的先人都是金朝帝王，其实不然，从先人影像来看实际并不完全是这样。金朝末帝完颜承麟只做了不到一天皇帝，并且他与前九帝有所不同。前九帝都是金宗室的近亲，而他既非近亲兄弟，也非近亲叔侄，而是临危受命的东部守护的元帅。

泾川完颜氏祭祀的祖先，在十帝王旁边还有臣或将。在金太祖画像旁，画有一将名曰银术可。他也是建立金朝的完颜氏的始祖。完颜阿骨打建金国称帝反辽，立即向军事重镇黄龙府进攻，先占领宁江州，后克达鲁城。辽天祚帝亲率七十万大军来攻，阿骨打派迪古乃（即后来的海陵王完颜亮）、银术可镇守达鲁城，亲以骑兵大败辽军。事实上银术可在金朝为将，直到金太宗时。天会六年西路军完颜宗弼（金兀术）和完颜宗翰兵向洛阳，天会七年，银术可攻下邓州。按照顺序，完颜氏的祖先，金太宗时为完颜宗弼和斡离不（完颜宗望）。天会三年，斡离不、粘罕（完颜宗翰）分道伐南宋，东路军斡离不主之，建枢密院于燕京；西路军粘罕主之，建枢密院于云中。后燕京枢密院刘彦忠死亡。金熙宗时完颜氏祖先为亲臣完颜忠效。这完颜忠效恐无特殊功绩，金史无事迹记载。金海陵王有一统天下的雄心大志，但大肆诛杀太宗诸子孙，引起宗室不满。金世宗时其祖先仍为斡离不（将）。金章宗时其祖先为完颜文。卫绍王时其祖先为世袭的完颜匡和维不烈（将）。金哀宗时其祖先为洽难不（将）。金末帝旁是完颜承裔（臣）。

这个完颜承裔即金末帝完颜承麟的兄长，是个忠臣，据《金史》载：承裔为内族，名白撒，世祖诸孙之一，他以"将"受禅，当日金灭。金将面前两条路，或战死或投降，有的如蔡八儿，宁愿"朝灭战死，也不肯再拜一帝"。据说，当时在洳河边，东撤的、南下的、北守的三方面势力互相争夺这幅影像，为此曾死难一百六十余人。兴定四年，金将陕西行尚书省分为东、西两路，西路以完颜宗弼、完颜娄室驻守平凉，后来由重臣末帝兄完颜承裔——白撒为行省事于平凉，后调完颜合达从京兆行省至平凉行省，先后共继任两任，从一二二〇年至一二二九年约九年时间。这是中国有省以来平凉设省会的一段值得特书的历史。

在泾川完颜氏祖先中，还有一位金史中的著名人物，即金宣宗时的完颜承晖。在泾川完颜氏祭祀的先人影像中，有十部分中央画有十代帝王，而第十一部分占据较大的位置，却只有完颜承晖的画像及其名讳，而其中上方空着，以两个花瓶所占据。正是因为争夺这幅先人影像，至今在河南省、陕西省的宝鸡市有较多专家、学者对这幅先人影像流传着各种不同的传闻，后来又经多次复制，这里面必然包含不同的信仰和观念，有曲折离奇的经历所在。这幅画像其所以将完颜承晖置于正中，又占据较大空间，不难推测，这幅先人影像是出自承晖后裔永怀等人之手。

金宣宗贞祐二年三月，蒙古军诸军会师于金中都北，宣宗被形势所迫，派完颜承晖前往求和，宣宗同意蒙古提出的条件：献童男女各五百，绣衣三十件，御马三千匹和大批金银珠宝，并把卫绍王女岐国公主献给成吉思汗，和议成，蒙古退军。当成吉思汗退出居庸关时，沿途有数万金军，准备中途伏击，宣宗命完颜承晖传达诏令："南北讲和，不许擅自出兵。"接着宣宗不听百官士庶劝阻，下诏迁都开封。宣宗南迁，进一步动摇了军民抗蒙信心，蒙古军又围攻金中都。

中都留守完颜承晖用白矾密写奏表向宣宗告急："通州蒲察七斤降元，城中无固志，臣虽以死守之，岂能持久。伏念中都一失，辽东、河朔皆非我有。若诸军信道来援，犹冀有济。"宣宗也以为"中都重地，庙社地在焉"。诏令两路军驰援，援军在霸州大败。这时汴京术虎高琪专权，再不派兵救中都。完颜承晖以为抹捻尽忠懂军事，便决定将指挥权交与尽忠，并相约"同死社稷"。不料中都城危，抹捻尽忠决定弃城南逃，完颜承晖作遗表付尚书省会史师安石，不料"术虎高琪误国当诛"，中都失守，完颜承晖服药殉国。他死于贞祐三年五月二日，其子称永怀，其孙称撒速，而画像上只有承晖而无永怀，证明永怀在画像时还健在，不便入遗像中，所以老人们猜测此画像应是永怀时期所绘制，是金代完颜氏传下来的遗物。

如今六七十岁的完颜人都看见过这幅先人影像，它由丝质油画绘制而成，平时都是秘密保管，只有每年的年关或清明，族人们才取出秘密祭祀。这是当地完颜人用来证明自己身世的一件重要历史遗物。泾川县博物馆仅有民国时期拍摄的照片，现在完颜祀堂里供奉的先人影像是根据原照片复制成的。

这幅照片是民国二十五年六月十二日，时任泾川县县长的张东野得知"宋金兀术世代遗像"密存于泾川完颜氏族中，便与区长、上司一同阅览，亲自拍摄成照片，并在放大的照片上做了题注，题注是这样写的："片中诸乃宋时金兀术世代之遗像也，为明季布制，长九尺宽四尺，颜色鲜艳，笔画精工，藏于甘肃泾川完颜氏族中。据云此系明末清初之拓幅，原幅早已毁朽。金亡时其后裔女真姓完颜，落户泾川之乡村，今尚有数十户，每至除夕，皆集族人悬挂此像而密祭之，然其子孙皆已成一纯厚之汉族矣。民国二十五年春，余奉命调长斯邑，区长任葆真君索阅之，适监察使载公，特派使路公暨两署诸同志先生莅泾视察，乃观赏公开展览，因摄斯影以公于世，俾吾人得知宋金一代之遗迹也。"张东野恐怕影像再有遗失，遂将题注后的照片交县民众馆收藏，如今完颜氏能敬奉祖先遗像对当年这位学识渊博的县长张东野感激不尽。

这幅画像最正中较大幅面只凸显完颜承晖像，据传说承晖之上原来是完颜宗弼画像，后因历史偏见，避免矛盾，缓和冲突，便以两个花瓶所覆盖。完颜承晖，字维明，本名福兴，袭父官爵，其父益都尹，郑家塔割剌讹没谋克，并非末帝之亲兄弟，在画像中人们将承麟与承晖，因同一"承"字，常混为一谈，在某些文字传递中有时表述含糊，乱谈宗谱，但这两位重臣均为金朝外交使节，曾多次与宋、元、西夏和谈，又是末帝承麟的忠臣。

完颜承晖作为泾川完颜氏祖先之一，既非帝王，为什么在祖先影像神中占据下面一排较大的中心位置至今还是个谜。他的亲属温姓、吕姓、蒋姓、史姓都是协助末帝的重臣，护送末帝遗体至泾川出力最多、贡献最大。为感激他们对末帝的贡献，故在画影两旁专画一部分为完颜承晖的部属温氏、吕氏、蒋氏、史氏，每年祭祖，也同时祭祀他们，这都是在情理之中。巧合的是芮王坟左右两侧有占地很广的"温家坟"（或叫"温氏娘娘坟"）和"吕家坟"（或叫"吕天官坟"）两处。在二十世纪四五十年代，每逢清明节上坟的人络绎不绝，直至六十年代坟地才被废弃。

从元灭金，到中华人民共和国成立后，在这七百多年里，泾川女真人每年清明、过年、庙会、跳神等节日都要请出先人影像拜祭，再去祭完颜承麟墓和完颜亨墓，然后才能祭拜自家祖坟。这祖先影像，是泾川完颜氏人族属的权威性物证。在土改前，一直由阖族推举的"坟头"保管。我的太爷（曾祖父）、爷爷（祖父）和父亲几代人都是"坟头"，保管过影像。土改后由农会保管。合作化后由历任生产队长保管。现在先人影像已不知下落。好在物证流失，人证众多。今泾川六十岁以上的完颜氏，每年清明祭先人都祭奠过这幅先人影像。现已按原画像的照片重新复制，其中央凸显出完颜宗弼（金兀术）的画像，这是完颜氏后裔们民族心理所致，寻根溯源是完颜氏人朝思暮想的愿望，为此将先人影像供奉于完颜祠庙。

六、四郎殿访古

在完颜村西边有一座叫四郎殿的庙宇，建造宏伟，气势典雅。这座四郎殿敬奉着四郎神，应该说是一座庙宇，可是自古以来人们都称为殿，至今此殿还是供王村镇下辖的完颜村和仓店（王姓氏）等五个村庄小孩读书的一所很有知名度的学校。

大殿内供奉的四郎神，栩栩如生，容貌和蔼，气宇轩昂，是个典型的男性青壮年形态的神像，如果从形象神态和容貌、服饰观察，我们完全可以断定这四郎神是完颜宗弼的塑像。但是，对他的身世来历众说纷纭，扑朔迷离，有人误认为是宋朝的杨四郎。说到这里，人们不禁要问，杨四郎和金朝有什么关系？完颜人为什么要供奉他呢？这无法解释。而完颜氏族人内心深处却另有一番难割难舍的情怀和敬意，他们明知"四郎"指的是谁，可是谁也不说出来，隐蔽得严严实实。在完颜人心中四郎神即四太子金兀术，为历史潮流所迫，从不愿意公开声张，所以被尘封了几百年。

据早些年传说，宗弼自幼就很喜欢学习，青少年时在家乡便创办了各类培训武功操练场所。他自从江南征战受阻后，经过深思熟虑，审时度势，积极促使与南宋议和，并向朝廷献策，要巩固中原战果，必须将战略目标转向西北。经过激烈争执，最终皇室内部统一了思想，采纳了他的建议。这座习武殿堂，就是当年宗弼为了与名将吴氏兄弟开战，特别创建的培训军事人才的殿堂。宗弼早在一一三〇年渡江南下之前，就曾经在黑龙江的绥化亲自创建过多处以操练屯兵、培育文武人才的基地，称为习武殿堂。他进入中原后便移交给他的小妹爱妮公主与驸马爷掌管主事，这些培训中心为征战中原，夺取北宋王朝，输送了大量能攻能守的军事和文职人才，又为前方运送了大量军需物资。至今还在绥化地区存留有金兀术小妹爱妮公主的古墓遗址，已成为见证金朝兴盛时期历史的一大景观。然而，在泾川县王村镇这座金兀术四郎殿，随着历史的演变，人们已从记忆中慢慢遗忘，就连完颜氏守陵人，也一代又一代随同大家只默认为四郎殿就是敬奉四郎神的，至于四郎殿当初的用途和来历谁也不愿多加探究，人们认为只要是神就有灵，就有人敬仰供奉，就能使当地群众普遍接受，免除一些不必要的仇视和麻烦。

每年农历的六月三十日，几个不同姓氏村庄的人们，都要在此举行盛大的祭祀四郎神庙会，约定每年庙会要唱四天大戏，香火不断。每年举行"敬皇神""叫冤会"宗教活动时，各村庄虔诚的善男信女们从四面八方会聚成一条长龙，跟随一帮阴阳道师们吹拉弹唱，走乡串村，凡遇到高山、河流、庙宇、神社都要进去焚香敬奉，称为"叫冤游社"。尤其要到四郎殿庙宇，举行特别隆重的诵经超度、调神请神、降香磕头、许愿还愿、祭拜四郎神的活动。由各村老会长们提前准备好种类繁多、丰盛的饭菜和茶水，专门供给参加游祭活动和过往的人们免费食用，称为"敬黄神""吃赦饭"，来者有份，吃饱为准，人们随意向神灵喊苦叫冤，以此来发泄他们一年四季辛苦劳作而凝聚于心头的任何悲痛和怨恨，场面异常肃穆庄严。

四郎殿的后面，有一座高山叫凤凰山，与王村镇的西龙山遥遥相对。山巅有一条古道胡同路，叫"官道"，宽敞平整，一直通向四郎殿庙宇，通往四岭子的跑马场，通向泾河对面的军坪子，通向圣母娘娘庙和芮王坟墓。据说泾川有几座凤凰山和四郎殿，都是清朝年间达官贵族建造的，是习功练武的殿堂，是修仙行道的官家专用场所，这里的路叫官道，地称为官地。泾川县当地人常说"先有凤凰山，后有回中府"，说明凤凰山与湫洞有密切关系。当然，凤凰山是指凤凰涅槃的神山，所以完颜氏族人认为四郎殿是金兀术亲自主持修筑的培训殿宇，它经过元、明两朝代几百年的风火战乱，处于濒危状态。到了清朝，随着康熙皇帝亲临王村暗巡祭祖，这座修筑于金朝的古殿堂又得到重新修复和利用。

爷爷告诉我，圣母娘娘塑像旁有尊四郎神像，容貌年轻英俊，气宇轩昂，头顶上旋绕着长长的发辫（神鞭），昂首坐在一架四条腿的木椅上。每逢祭祀，要由村庄最有驾驭四郎神经验的小伙架上双肩，随着锣鼓声音，绕圣母娘娘神像一周后，向东南西北叩拜，称为拜四方。尤其在"跳神""初新""踏春""耍社火"时要由身强力壮、驾驭技艺精湛的小伙表演迎神、曳神、送神等祭祀活动。驾驭神轿的人脚步要踩踏鼓点，双脚左右配合自如，前进后退、左右摆动都有一定的规矩，要将四郎神的长辫（神鞭）在空中能够腾空旋转甩动，并且发出"啪啪啪"响亮的神鞭响声。

据先辈们的传说，驾驭神轿的人，要脚踩阴阳八卦太极图谱，头顶九霄日月星辰，胸怀对神灵无比虔诚的心意，才能踩准鼓点，和跑花城、破迷宫一样，方可走出迷魂阵，才能完成拜天、拜地、拜四方的重任。这一活动有着丰富的道教与萨满教相融合的遗痕。驾驭四郎神轿的人选，在完颜氏村是百里挑一并经过盛大选拔赛后才确定的，然后一代接一代人更替延续，当然驾驭神轿的人要受到人们的器重和赞赏，听说以前选拔人才时，会驾驭神轿的人会被优先录取。此项活动到了二十世纪五十年代时逐渐失传，神鞭也不知去向了。

所以说，这尊四郎神完全是宗弼少年时的形象，根本不是杨四郎。据说黑龙江海古寨，也是大名鼎鼎金兀术的出生地。凡是听过传统评书《岳飞传》的人一定会记得，书中在塑造岳飞形象的同时，也让人记住了一位叫人"切齿痛恨的金兀术"，其实小说家贬低他是写作的需要。

但是自古以来，在完颜氏老人们中流传着这样一个娓娓动听的民间故事：说金兀术出生时就让世人惊讶万分。在海古水（今海沟河）边的一座房子里，阿骨打的元妃乌古伦氏就要临产了。霎时，天空阴云密布，雷声滚滚，天地间一片灰蒙，"咔嚓！"一个响雷，炸散了乌云，露出蔚蓝的天空和一轮光芒四射的太阳。刹那间，只见从东南天际飘来一团紫色祥云，似霞似锦，五彩缤纷，很快笼罩了乌古伦氏的"产房"。人们由忧郁变为惊奇，继而满脸喜悦，传出乌古伦氏生下一个胖小子的喜讯，阿骨打这时才把那颗悬着的心放下，喜气洋洋地向屋中跑去，想看看那驾着祥云降生的儿子。此时，不仅天光艳丽，祥云升腾，就连海水也是浪花翻滚，波涛四起。刚刚出生的胖小子竟然自个儿翻了个身，接着大哭一声，似有惊天动地之气势。当时，接生婆指着他的脑门说："我敢说，这个孩子将来必有翻天覆地之能耐。"果然不出所言，这个后来取名为宗弼的胖小子，在灭辽攻宋的战役中，率领大金三千铁骑，过关斩将，一路厮杀，所向披靡。圣母娘娘旁的四郎神无疑为少年时的宗弼形态容貌，与白花公主为姑侄关系，从小姑侄两人情意颇深。

父亲经常向我们讲述金兀术的事迹，他说："完颜宗弼是金太祖完颜阿骨打第四子，女真名为兀术，又叫斡啜，是宋金对峙时期杰出的政治家和军事家。因传统评书《岳飞传》的热播，世人皆称之为金兀术。他生于女真完颜部统一战争年代，成长和成熟于金灭辽、北宋及金与南宋战争议和的历史时期。宗弼为人豪爽、坦荡，有胆有识，身材高大，胳膊很长，勇力过人。他自幼酷爱武功，更喜爱读汉人书籍。单手使一柄银雀开山斧，练就一身超人的好武艺。他继承了女真人善骑射的优点，遇劲敌驰马冲锋中，所射必中，所向无敌。"

金兀术第一次参加伐辽战斗是随其叔父都统杲（斜也）主攻辽中京。在这次战斗中，宗弼身穿白铠甲，奋勇杀敌，如入无人之境，成为军中无人不知的勇士。特别是同副都统宗望率一百余骑追辽帝耶律延禧时，挥枪连刺死八人，活捉五人。从俘虏口中得知辽帝就在近处的鸳鸯泺，于是随大军风驰电掣般追赶，得到辽国的大批辎重和财宝。兀术此举，惊心动魄，传遍军中，人人翘指，世人称他"少年勇锐，冠绝古今"。

金兀术与宋兵打仗是随宗望攻打岳飞的老家汤阴（今河南汤阴）县。兀术冲锋在前，宋兵骇然而溃，金军轻取汤阴，兀术降宋兵三千。接着，金兵云集汴京城下。宋徽宗传位给钦宗，自己则仓皇出逃。宗弼精选百骑尾追南逃徽宗而不及，获徽宗丢弃的战马三千匹而归。而后金军攻破开封，俘获徽、钦二帝，获北宋倾国之财宝、文化典籍等。押徽、钦二帝父子和皇亲贵戚、王公大臣三千多人北归。但是，在这接连不断的大进军、大会战中，兀术只是率领部队攻打其他城池，作为策应。在穷追赵构时，金军押解徽、钦二帝抵燕京后，北宋康王赵构称帝南逃。金太宗诏升宗弼为元帅右监军。宗弼在战场上敢打敢冲，一往无前，以悍勇刚猛闻名于世。宗弼大军在山东、河北先后得手，继续南下，饮马长江。宗弼在胜阳击败宋兵，随后金军攻克曹州、泗州、济州，缴获船只千余艘。宗弼在海州（今连云港市南）打败宋军，在梁山泊击破战船万余艘，招降了东平、泰山等地抗金势力，缴获船只七百余艘。

十一月，渡过长江的宗弼军打败宋朝副元帅杜充率六万步骑的阻击，占领建康（今南京）。然后，宗弼军继续追击宋高宗赵构。攻取宋广德军路湖州（今浙江吴兴），派将领去钱塘江边准备好船只，宗弼大军乘船攻击杭州。宋高宗已在宗弼军欲攻建康时，带着百官逃往越州（今浙江绍兴）。宗弼大军尾追不舍，下安吉（今浙江安吉），过天险独松岭，取杭州。于是，金兀术坐镇杭州，命金将阿里布、蒲卢浑率精骑四千追袭，赵构仓皇而至明州（今浙江宁波）。金兵飞渡曹娥江，大败宋将张浚大军，攻克明州。高宗只得率其官僚乘大船二十只由定海入海逃亡。金兵入海追三百里，不及而还。赵构被吓得长时间不敢登陆，直到岁末才逃到温州。宗弼因遍寻赵构无踪迹，加之军兵不适应海上气候，又不服南方水土，便于天会八年春，宣布"搜山检海"已毕，遂引兵北撤。

宗弼独力护金，使金军发展壮大。接着北撤的宗弼转战陕西，行至洛水，与宋将张浚相遇，发生了著名的陕西富平之战。宗弼大败四十万宋军，占据富平，并先后招抚陕西四十多个州县。天会九年春，泾源（今甘肃泾川县北)、熙河(今甘肃临洮县)两路皆平。宗弼因平定陕西而成为陕西方面的最高统帅。

宗弼的戎马生涯,在天眷三年收复河南、陕西时,达到了极盛;政治活动至皇统元年金宋议和时达到顶峰。老人常教育我们说,要像金兀术那样,知人善任,他和其父阿骨打一样,知道单靠女真人自己是干不成大事业的,所以在夺取中原的过程中,能够有效地调动各族人士,倡导汉夷一视同仁,爱惜文士将才。在他属下的军队和军政机构中,汉人和契丹人无疑占据了多数。至于部将中则既有本族女真人中的优秀分子,如当海、阿里、蒲卢浑、斡里也、讹鲁补、撒离喝等名震一时的大将,也有渤海人大黠、长安奴,汉将韩常,以及为数甚多的辽、宋降将。以韩常为例,韩常燕山人,善射,以挽弓著称,兀术渡江,常为先锋。兀术自江南归,论功,仍升为万户都统。在富平之战中,兀术陷入重围中,韩常被矢中目,怒拔去其矢,鲜血淋漓,以土塞创伤,跃马奋呼搏战,遂解围。

在渡江北归被困的紧急关头,兀术采纳了当地宋人的建议:"或教于芦场地开渠二十余里,上接江口,在世忠(即韩世忠)之上。遂傍治城西南隅凿渠一夜渠成"又"揭榜募人,献所以破海舟之策。有教其于舟中载土,以平板铺之,穴船板以擢桨,候风息则出江,有风则勿出,海舟无风不可动也,以火箭射其剪蓬,则不攻自破矣。一夜造箭成,是日引舟出江,其疾如飞。天霁无风,海舟皆不动,以火箭射海舟剪蓬,世忠军焚溺而死者不可胜数"。不言而喻,当时当地向其提供建议者只能是南宋方面的人士,而他竟敢于极其危险的紧急关头予以采纳并由此而走出了困境,如果不是平时对夷、汉一视同仁,倾听不同的建议,是绝不会做出如此选择的。这种政治举措在当时国内民族矛盾极其错综复杂的形势下实在是难能可贵的。

老人常常告诫我们,金兀术不仅是金朝的开国功臣和卓越的政治家、军事家,是女真族历史上著名的英雄,而且对全国历史的发展做出了非常重要的贡献。虽然评书和小说中精彩地讲述了金兀术与岳飞之间的战斗,但那是演绎出来的,并不完全符合历史。历史上的两虎相争到底是什么样的? 岳飞与完颜宗弼之间的主要战争是宗弼复取河南的时候发生的。

从宗弼渡江追击宋高宗开始,他就给宋人一个残暴好战的印象。他在江南停留半年之久,攻打城镇,烧杀抢掠,和韩世忠大战于黄天荡,当时已经是宋人的大敌。后来和岳飞交战，最后和南宋朝廷订立了划淮而治的和议，宗弼成为汉民族小说戏剧中人人厌恶的侵略者。这是历史造成的误会，今天应给完颜宗弼以正确的评价。

七、黄龙府宗弼显奇功

由于祖先历世的文化传承使我们完颜氏人对金兀术有了一个全面的认识。小说《说岳全传》字里行间，人们会发现在作者精彩的笔下，天宫、人间、地狱、神仙、道师错综复杂，多方位描绘了岳飞抗金的功勋。但是，从另一方面还说了金兀术是不失为出类拔萃、不同凡响的历史英雄本色，他是金朝文韬武略、战绩卓著的政治家、军事家。

金兀术从小智勇超众，力大无比。据宋朝宇文懋昭写的《大金国志》称其年轻时"胆勇过人，猿臂善射，遇战酣，出入阵中，部众惮之"。在与辽人战斗中，是身先士卒、勇冠三军的骁将，这是史书上公允的评价。说起宗弼的力大超群正有一段小故事。

据完颜氏说书的老人绘声绘色地讲，有一日太祖登殿，文武大臣举行祝贺灭辽大庆典时，他忧心忡忡地宣布说："诸位，如今辽天祚帝已被擒，辽国虽亡，但辽宗室耶律大石西迁至伊犁河谷以西，尔后是祸是福还未知……而我朝与宋虽有'海上之盟'，但统一天下大业任重而道远，千万不可轻视，朕年迈体弱，统一国家大业在即，心存忧虑。"

此时正适百官上殿奏表，忽听外面喊"军师从中原回来了"，太祖即刻宣来。这时宗翰、娄室上殿禀奏："我主洪福来临，万千之喜！"太祖道："有何喜事？"奏道："臣到中原探听消息，宋朝皇帝让位于小皇帝钦宗。小皇帝自即位以来，不理朝政，专听信那些奸臣的话，贬黜忠良。关塞并无好汉把守。还时有宋朝大批官员、富豪向我方送来大批军情，速速诚请我朝进入中原，拯救万民百姓于水火，愿与我主共谋天下统一大业。今我主欲夺取中原，完成千古业绩，只管发兵前往，包管一鼓而可得。"

太祖闻奏后大喜。即择定吉日，往校场中挑选扫宋大元帅。出榜通衢，军民人等都到校武场。

话说那日红日高照，旗幡随风飘扬，太祖摆驾前往校场，到演武厅上坐下。文武官员站立两旁。只见演武厅前有一座铁龙，乃为原女真先王遗留的镇国之宝，重有一千余斤。太祖即命下官传旨高叫："不论军民百姓人等，有能举得起铁龙者，即封昌平王、扫南大元帅之职。"圣旨一下，各王子、平章、军丁、将士、百姓人等，个个摩拳擦掌，都想大显奇功做元帅。你来摇一摇，挣得面红耳赤，气喘吁吁；他来拔一拔，挣得大汗淋漓，各个摇头、满面羞惭，一一退了下去。

太祖道："当年项羽拔山，举鼎誉满天下，难道我泱泱大金国，枉有你们这许多文武大臣，就没有一个举得起这千斤之物的人？"霎时间，人们甩袖顿足，吹胡瞪眼，很是烦恼。这时候，忽听旁边一人高喊："儿臣能举起铁龙。"众人回头一看，原来是宗弼。

太祖本来怒气未消，一听到这声音，便不分青红皂白就大喝一声："与我绑去砍了！"左右金军一下把宗弼绑了起来。按理来说，太祖听见自家的四太子能举起铁龙，应该欢天喜地才是，为何反要杀他？一时让人们纳闷。

这是因为宗弼虽生长在金朝的皇族宗室，从小也学了武艺，但他却喜爱汉文字和中原书史，最喜宋朝人的民俗礼仪，常常在宫中爱学穿戴宋朝服饰，因此太祖常常心存犹豫，不大欢喜他这般举动。今日因满朝文武无一人能举得起铁龙，心中恼火，却见他大摇大摆挺身而出，火上浇油，太祖才大发雷霆。

这时诸太子和宗翰、娄室及文武百官上前苦苦请求太祖宽容，让宗弼来试一试，若举不起铁龙，再杀他也不迟，让他也心无怨言。太祖听后勉强点了点头。当场百官掌声雷动，高呼："皇帝洪福齐天！"忽从人群里跑来一位脸如火炭，发鬓乌云，虬眉长髯，阔口圆睛，身高一丈，膀有三尺的青年大汉，分明是天神金刚下凡一般的威风凛凛。

他上前俯伏奏道："儿臣前来举铁龙！"只见他左手撩衣，右手猛将铁龙足一提就高高举过了头顶，还极目四眺众大臣百官，高呼："父王，儿臣举起了铁龙！"太祖一回首，只见宗弼手举铁龙高悬于空中，不由得面露笑容。宗弼连举三次，放下铁龙时震荡得地动山摇，一时诸军将帅一齐惊异地高声喝彩。宗弼在校武场显奇功，得到了太祖的信任。

金太宗时攻打宋朝，宗弼虽是东路军的一员偏将，却懂得集中兵力取胜的道理，他从大局出发，遣人告粘罕，谓独力难攻。劝止了粘罕等人的单独行动，实现了合围汴京并取得攻宋的重大胜利。正是由于他有大勇大智和超人才华，不过两三年时间就升为独当一面的大将。到一一二九年已出任右监军，升为一路大军的主将，他率金军破南宋三十余州，直至两浙，并把宋高宗等人逼于浙东南的海岛子上，使南宋最高统治集团患上了"恐金症"。

宗弼率军进攻江南，虽取得了重大胜利，但因长途奔袭，将士疲惫，加之不习水战，后方不稳，使得金军不得不从两浙一带退回。在渡江北归时，遭到韩世忠部的阻击而陷入窘境。但宗弼临危不乱，"募人献破海舟策"，并"一夕潜凿渠三十里"，突破封锁，完成转移。这也使他从中吸取了教训，认识到双方力量的对比已出现了变化，必须改变策略，做长期作战的打算。故当粘罕等将领仍旧"坚持可伐宋"之际，宗弼仍然以"士马困惫，粮储未足"为理由表示异议。尽管因此而遭到了希尹等人的讥讽，却成功地阻止了他们的蛮干。于是，金廷巧妙利用南宋降官刘豫建立伪齐傀儡政权，并派秦桧潜回南宋，破坏抗金斗争。回过来说，这对金朝巩固在华北的统治，并集中力量解决陕西问题赢得了时间。

宗弼在富平之战中，以少胜多，大败宋军三四十万之众，一举占领五路之地。但在陕、川交界的和尚原、大散关一带的拉锯战中，使金宋战争转入相持阶段。而且在此后的五六年中，金兵是负多胜少，士气每况愈下，再加上统治集团内部矛盾的激化，使得形势有利于南宋。在此转折关头，宗弼利用战争间歇的有利时机，总结教训，革新阵法，改进装备，以重甲武装精锐骑兵，"三人为伍，贯韦索，号铁浮屠"。每进一步，即用"拒马子"遮其后，示无反顾。复以铁骑马左右翼，号"拐子马"，从而建立了一支以"拐子马"为名的常胜军，凡攻打难以攻下之城池，皆投入这支部队，并大都在战争中发挥了重要的作用。

宗弼到了后期，统治集团内部争斗逐渐激化。太宗死后，宗磐与太祖之子凉王及元帅宗翰等人争立，由于兵权在手的宗辅等人的支持，熙宗才得以继立为帝。熙宗虽然当了皇帝，但是宗翰等人都在觊觎皇位，尤其宗磐、宗隽、挞懒等辈，"人人有自为之心"，不把熙宗放在眼里。因为宗磐等专横跋扈、拉帮结伙，朝廷内部的党争更加激化。在这场争权夺位的激烈斗争中，宗弼却没有卷入其中，而是静观其变。直到一一三八年，"挞懒朝京师，倡议以废齐旧地（即河南、陕西）与宋……宗干等争之不能得……竟执议以河南、陕西地与宋"，造成重大的政治失误。宗弼表面上虽没动声色，却暗地扣留了宋使并察知"挞懒与宋人交通"后，当即入朝密奏，揭发挞懒与宗磐等阴结彼国，支持熙宗铲除了宗磐、宗隽与挞懒集团，从而使金朝渡过一场政治危机，宗弼也因此被晋升为都元帅，始掌金国军事大权，全面负责对宋事务。

紧接着，宗弼等"遂议南伐"，即欲收复河南、陕西之地，以纠正此前割地的错误。这几乎是得到了包括汉将在内的满朝文武官员的支持与合作。同时，宗弼也对南宋方面的军事情况做了认真的分析和估计，并在出兵之前做了较为充分的准备。当一一四〇年五月，宗弼接到"复取河南、陕西地"的旨命后，立即分兵四路出征。而南宋方面由于毫无防备，"河南诸郡望风奔溃……陕西州县所至迎降"，仅一两个月时间，河南、陕西两地相继收复，并取得了相持阶段以来的空前大捷，确立了南北对峙的大好形势。同年九月，宗干病死，宗弼因此得以出将入相，"与宰执同入奏事"，掌握了全国的军政大权。

熙宗当即封宗弼为扫宋大元帅，总领六国三川将帅五十万人马，择日进攻中原，真是人如猛虎，马如游龙，旌旗蔽日，锣鼓喧天。随后宗弼在兄长宗望的陪伴下，更心急火燎地要前往离城五十里以外的一座名叫"白云观寺庵"的地方，拜别他最喜欢的小贤姑姑——白花公主，也就是后来坐化于泾川完颜村九顶梅花山的圣母娘娘。

八、宗弼拜别皇姑娘娘

话说这一日阳光明媚，春风拂面。宗弼与兄宗望喜气洋洋，出了黄龙府教场，骑马直奔白云山方向。往日总是宗弼谦逊地让长兄走在前面，而今天宗望满怀诚意地非让四弟走在前面不可。不一会儿，身后屋舍人烟慢慢稀少，山峰越来越陡陡，小路渐渐崎岖，宗弼、宗望两人不由得心中从兴致勃勃突然升腾起一股酸涩味。小皇姑为何非独居这荒凉凄惨的高山云岭？边走边揣测，却揣测不出个究竟来。正在犹豫之时，只见眼前一座坐北朝南的寺院，红墙绿瓦，陡檐飞峭，十分壮观。他们走进山门，金字匾额书有"白云观寺庵"五个金光夺目的大字映入眼帘。这是一座规模宏大的道观，殿堂巍峨，但院内杂草丛生，古木参天，不禁有种凄凉、肃穆之感。

白花公主一听俩侄儿到来，便与彩霞、彩云及众尼僧们急出寺庵迎接。尤其彩霞和彩云特别引人注目。据传她俩就是金朝皇上爱女，追随白花公主形影不离，修行多年。近日，白花在南国邀请来的几位著名道长，是龙门派创始人丘处机的门徒，曾跋涉万里到西域说服成吉思汗以德治理国家，得到成吉思汗的赏识，称他们为中原的神仙，并对白花公主的道行佩服得五体投地，东归后就住在这里，人称"长春真人门徒"，丘祖殿的塑像就是他。彩霞、彩云学到了颇深的道教武艺，在萨满教的基础上，还有能占卜星相的本事，禳病驱邪、飞檐走壁、骑马射击样样精通，深得人们敬重。现为白花公主的左膀右臂。

白花公主是太祖阿骨打的小妹，后人称为"圣母娘娘"或"金皇姑娘娘"。当初最受太祖敬重和宠爱，她生长于大金朝的黄龙府，从小聪明好学，天资过人，美丽善良，和蔼贤惠，黄龙府里文武百官尊称她为白云公主。

正值十五岁青春年华的她，常随诸多兄嫂们去大辽国王府游玩，天长日久，与辽王府的一位叫耶维利的公子产生了爱慕之情。两人情投意合，一块儿吟诗弹琴，形影不离，难舍难分。

可是好景不长，虽然长白山照旧巍然矗立，黑龙江水依然滚滚流淌，可是天有不测风云，正当白花朝思暮想期盼着未来的美好生活，爱情的火焰如烈火在她心中浓浓地燃烧，冲动的激情难以抑制时，辽阔的黑土地上一声晴天霹雳：原先女真与辽两国曾一度和睦相处，亲戚加近邻，你来我往。突然之间，好兄长阿骨打起兵反辽建立金朝，后又与宋朝签订议和盟约，一致抗辽，不久大辽国灭亡。从此，白花公主再未能与辽公子见过一面，于是公主一蹶不振，悲痛欲绝，常常以泪洗面，遇外人时又要以笑脸相迎，性格一下变得寡言少语，不久便选择了遁入空门。

白花公主出了家，虽然人在尼姑庵内吃斋念佛，清静度日，耳旁却常常听到朝廷上下、骨肉父子、兄弟同胞为争权夺位，血腥搏斗、明戮暗杀之事。她苦苦思索，朝廷内有多少聪明漂亮的姐妹们都成了战争的牺牲品……她思前想后，最后决定今生今世出家为尼，两耳不闻朝中事，潜心静修萨满教、佛教、道教，欲以此来感化宗室、部落和世人们的心灵，与从宋朝、大辽等地慕名而来的在寺院、道观修炼的造诣深厚的大师们云济一堂。

今日，公主一见俩侄儿来拜，她喜出望外。急切地让彩霞、彩云及众侍女们用顶好的白山巅天池仙水特地冲泡了香茗摆上桌。宗望、宗弼已掸服提袍高高举袖跪倒在地，向皇姑娘娘行叩拜之礼，公主向前强行扶二人坐后，叙起家常。公主先详细地询问了兄王龙体近况，宗弼长长叹了一口气后便说："我父皇年迈，精力一年不如一年。但心怀南征，深思统一大业，彻夜难眠，众儿臣常想助父皇一臂之力，为父效命，为国出力，尽忠尽孝，踌躇满怀，可是一直未能得到父皇的认可和允许。昨日才得到旨意，让我统兵二十万，兄长辅助，南征宋朝，今特卜山来向姑姑拜别，敬请姑姑指教。"

公主听罢，悲喜交加地说："恭喜俩侄儿荣登大金国统兵大元帅的高位，但那中原是人杰地灵之宝地，侄儿们原先颇喜好宋朝文化古典，这时正如汉语所云，如鱼得水，要我看来，你俩是如龙得水、如虎添翼，你们可以大展宏图了。不过，今日你俩能来到这荒山野岭的寺庵共叙家常，姑姑就要按照萨满神的旨意和孔孟之道行事，中原地大物博，钱财珠宝乃是身外之物，军家就该军纪严明，尊老爱幼，护爱文物典籍，敬重儒生秀才，得道多助，失道寡助，得仁义道德者才能得天下，要以德治国，以仁安邦。"宗弼、宗望再次跪倒在地叩头，连声称道，感谢姑姑的教诲，侄儿全记心中。

据老人说，白花公主陪兄王太祖回上京途中，太祖不幸病逝。一一二三年太宗吴乞买继位。她悲痛欲绝，不久又进了三清宫寺院从事道僧活动。十二年后的一一三五年，太宗病逝，熙宗完颜亶继位，不久海陵王完颜亮发动了宫廷政变，弑熙宗自立皇位，实施"直捣黄龙府"、勇进中原的决策，就连这白花公主管辖的寺院、道观、尼姑庵也全部关闭，白花公主只好随军进入兴建的金中都（北京）。几年后，才随完颜宗弼（金兀术）旧部进入中原。据说她曾有三入佛道、三次还俗，最后为保佑众弟子平安度日迁徙到甘肃泾川九顶梅花山坐化成神，后裔们为敬仰、供奉白花公主修筑了庙宇，即圣母娘娘庙。

九、姐妹双塔——彩云与彩霞的故事

闲话少说，且说那白花公主率众尼僧辛勤营造的金中都城三清宫的寺院，松柏葱郁，香客云集，正是兴盛之际。此时，恰好是海陵王在南方被乱箭射死，金世宗完颜雍继皇位之时。朝廷让彩霞和彩云火速回宫。白花公主只好忍痛割爱，打发彩霞和彩云启程回宫，临行前姑姑侄女哭泣难止，互抱成团，难分难离。最后还是白花公主识大体、懂国事，便说："国家兴亡，妇孺有责，出家行道为的是感化人，同心同德，你们回宫去受命，若遇不测，就将贴身的红锦长袖向西北方向甩三甩，喊'姑姑等'，我便会设法营救你们。"

姑姑侄女分手之后，白花率众僧路过莽莽苍苍的子午岭，这里连绵数百里松柏树碧涛千顷，云蒸霞蔚，向崆峒山峰远远眺望，便是一派风光秀丽，山峰挺拔，佛光仙气四溢。在大家坐在一块大石头上稍事休息之时，突然从山岭走来一位蒙面的老僧人，他跪倒在地，嘴里不断念道："仙姑娘娘到此，小僧有失远迎，罪该万死！愿受仙姑娘娘处罚。"

公主深感诧异，这荒郊野岭哪来的僧人？还严严实实蒙着面孔，她为防范不测，便命随从草草谢过僧人相迎之意，直向泾川西王母宫一侧的九顶梅花山方向走去。可是蒙面老僧人一直不紧不慢地跟随在后，他是何人？我们暂且不表，还是讲这姐妹双塔。

追溯起华池县的姊妹塔，这里还有与白花公主密切联系的一段曲折而传奇的故事。相传金朝年间，子午岭地面有个孤儿，自幼吃百家饭、穿百家衣，生得健康、清俊、聪慧。孤儿长到八岁那年，这里来了个老和尚，见这孩子虽穿得破烂，却眉清目秀、聪明伶俐，便把他收为弟子，取了名叫黄普。老和尚带着黄普走州过县，云游四方，教他读书习武、骑马射箭。黄普天资聪颖，加上肯下功夫，长进极快。老和尚看到黄普是个有悟性的可造之才，便教他学艺学德，习文练武。

一晃几年过去了，老和尚自觉年事已高，便来到兴安寺，不久就圆寂了。黄普见师父死了，心中悲痛欲绝，但他生性宽厚善良，和其他师兄弟相交甚好。这兴安寺是京城最大的寺院，香火旺盛，香客不绝。一天，黄普正在洒扫庭院时，来了一高一矮两位少年。他们长得唇红面白，眼若朗星，齿洁似玉，实在是标致。黄普跟师父云游多年，也见了不少的世面，还从未见过这么出众的少年。不由得多看了几眼，惹得那两少年哧哧直笑。俗话说，林子大了，啥鸟都有。

虽说佛门净地，也难免有一些好事之徒。两少年如此引人注目，便有人看出了些端倪。只见不远处一位锦衣男子走到俩少年面前，皮笑肉不笑地说："两位公子，看样子不是本地人。在下性情豪爽，喜好广交朋友，看着两位公子投缘，不如请到舍下小酌几杯，叙叙如何？"说罢一挥手，七八个随从围了上来。两少年一时脸涨得通红，急得连话也说不出来，直向众人求救。众人都认得这位锦衣男子是金朝宰相的独子，仗着其父位高权重，整日里欺男霸女，飞扬跋扈，无恶不作，哪个敢上前相救？锦衣男子看看四周，哈哈大笑，一把扯掉矮个少年头上的帽子。

只见一头乌黑长发倾泻下来，这少年原来是个女子！锦衣男子嘿嘿直笑，抖着折扇："怎么，请不动？好，给我抬走！"众人眼睁睁看着这一男一女两少年要遭受凌辱，却是敢怒不敢言。黄普小和尚实在看不下去了，一闪身挡住锦衣男子："施主，在佛门净地撒野，你太过分了吧？"那男子仰天狂笑："过分？天地这么大，哪块地盘不是我父子管辖，什么叫过分？谁的裤裆破了跑出个你来？"言语未落，七八个随从挥拳向黄普打来。黄普虽习武练艺多年，但平时遵照师傅教导，从未和别人交过手，今日猛然间，手起脚落还没觉得怎么用力，那几个随从早就被打倒在地上，鼻青脸肿，门牙跌落。锦衣男子吓得边跑边说："好你个假和尚，等着瞧……"一溜烟跑了，众人拍手称快。

那一男一女上前道谢。少女双颊飞红，深深施礼，说道："多谢小师父救命之恩，来日定当重谢！"言罢匆匆就要离去时，那锦衣男子率领几十人马直向黄普追来。这时黄普想到师父教导，不到万不得已，不能伤人，遇事以忍为重。他紧紧咬住牙关，双掌合一，口诵阿弥陀佛，等待天大的灾难降临到自己身上。锦衣男子指示喽啰们狠狠地打。黄普深深吸了一口长气后，任众打手们如何凶狠地击打也不还手。那拳头、棍棒、砖瓦砸到黄普身上，却如打在了棉花包上似的，又弹了回来。

可是，这时候在一边的一男一女，却提心吊胆，生怕小和尚受到伤害，便摘掉帽子，甩掉披衣，全然不顾忌金枝玉叶的女儿身躯、姿态，一瞬间将脑后的长发稍做修整之后，腾空一甩，双双长辫在空中如风起云涌，像铁丝棍棒一般沉重，打得锦衣男子和众打手们抱头缩脑，狼狈逃窜。

黄普在一旁，看得目瞪口呆，敬佩万分，双掌合十，向两位少女诵念："阿弥陀佛，阿弥陀佛。"两少女见黄普安然无恙，便收回长辫子，挥动衣衫，向黄普深情脉脉地致谢告辞，腾空向黄普甩来一串香包。如一道五彩缤纷的霞光，一缕缕轻轻的云雾，向皇宫方向走去，不时伴着"姑姑等，姑姑等"的歌唱声从原野中传来。

再说那黄普，虽替老百姓出了一口恶气，也自知惹下祸端，寺里不能久留，便和师兄弟告别下山去了。且说那日进香的两位女子，原是金国当朝皇上膝下最为疼爱的女儿——彩霞公主和彩云公主。二人正值豆蔻年华，生得如花似玉，楚楚动人。这彩霞善舞，她舞起来如蝴蝶翻飞、荷花吐翠、凤凰展翅。皇宫里大小庆典，都能见到她那婀娜的舞姿。而彩云却绣得一手好花，她绣的虫子能吃草，她绣的花草带露珠，她绣的鸟儿能飞翔，她绣的鱼儿能入水，走起路来如一朵朵轻云在空中飘浮。凡是皇宫里嫔妃过生日、皇子满月，她总要绣个香包、肚兜什么的作为贺礼。

当时正逢西夏屡屡侵扰边界，皇上拟将彩霞许配给西夏王的儿子，把彩云改许配给蒙古王以缓和边疆之危，遂将她俩从三清宫调回，与白花公主告别。

两位小公主对自己的婚姻十分不满意，整天闷闷不乐。听说兴安寺菩萨很灵，姐妹俩便女扮男装前来敬香，求菩萨解救自己，不料撞着恶徒，差点儿酿成大祸。

姐妹俩回到宫里，惊魂未定，忙托宫中侍人到寺院打听。最后，才得知那恶徒锦衣男子，竟是不久前皇帝原准备许配给彩霞的未来夫婿，是当朝大臣之独生子，后因边关吃紧，又想让她嫁给西夏王的儿子。彩霞在众人面前已暴露了女儿身份，又遇见了父皇以前许配给自己的夫君，对这两桩婚事，心里千万个不愿意。怎奈皇上一言既出，圣命难违，只得终日以泪洗面。日子越久，兴安寺里那个小师父的影子越清晰。而彩云也被黄普的英雄豪气所打动，常常思念。

黄普离开寺院，游荡于陇东黄土高原的深山林海间。他正值青春年少，哪里见过这样美貌多情的女子。从那以后，他总是背着人偷看两位小公主腾空甩赠的香包和珠链，并亲手将珠链缝在了香包上。日子久了，心绪有些反常，他想到自己从小失去爹娘，无人疼爱，后来遇到师父，才体会到被别人关照、爱护的幸福，那天又遇到那两位深情脉脉、心地善良的少女，更感受到人生幸福的滋味，而今又落得无家可归，尘世间的苦难烦恼，何时才是个尽头？不由得长叹一声，此后晓伏夜行，隐姓埋名，一路向当年幼小时常去玩耍的一个寺院走去，由一位名叫李老僧的师父给他剃度当了和尚，法号慧悟，只想远离尘世，潜心修行罢了。

黄普逃出寺院后，两位小公主隔了好些日子才打听到他的去向，不由得又悲、又气、又急。自己虽然生来就过着锦衣玉食的生活，但在宫殿从来没有半点自由；跟随皇姑娘娘出家修道，练武习经，倒是逍遥自得，又硬要她们回宫，为边境安宁远嫁他乡，这皇宫哪有人情冷暖！不知那黄普如今是死是活？姐妹俩越想越伤心，越想越气恼，越想越后悔，双双忧心忡忡，茶饭不思。听说边境情形越发紧迫，皇上已降旨命她俩速速远嫁完婚。

彩霞找彩云说："妹妹，黄普逃出有些日子了，也不知死活。父皇逼我们立即完婚，西夏地处荒蛮，我死也不去。我想出去找找他！"

彩云听罢后，哭得更加悲伤，说："原先给你说的那宰相儿子，本来是个品行极不正的好色之徒，而现在又叫你远嫁给西夏王的儿子，叫我嫁蒙古王，咱们俩死也不从，出去找皇姑娘娘，顺路打听打听黄普的下落。黄普这人武艺出众，品貌超群，我们找到他同进寺庵，共度空门，吃斋奉佛。退一步讲，咱们隐居农舍，过平凡日子，也要比皇宫强。只要黄普在，有依有靠，自会安然。"两人一心一意要寻找皇姑娘娘和黄普，能看见他一面，也不枉活一场，再苦再难，也要找到他。

姐妹俩商量妥当，便女扮男装，这一路上不知走了多少村，过了多少店，吃了多少苦，身上的盘缠花光了，佩戴的首饰卖尽了，转眼就是一年，还是打听不到黄普的消息。心想只要沿着皇姑娘娘西去的足迹，总会找到的。

有一天，姐妹俩一路乞讨来到了子午岭豹子川的一个寺院。心想上前讨口水喝，顺便打听打听黄普的下落。当值和尚听了她们描述的长相，觉得与寺里的慧悟和尚倒有点相像。其实，黄普早在一年前就为修筑这双石塔圆寂了。可是姐妹俩却耳边已听清了黄普在说话，正在当值和尚迟疑时，便从空中飘来一个包裹说："请把包裹交给二位公主，从前的黄普已不复存在，现在黄普尘缘已绝！"姐妹俩刚闭目凝神时，她们眼前就浮现出黄普的身影，不再言语。

彩霞打开包裹，见里面香包和珠链已紧紧串联在一起，又听到当值和尚转告的话，一切都明白了。

这黄普年岁不大，身体健壮，怎么就远离人世了呢？彩霞双手捧起香包，泪雨如注，姐妹俩百思难解。

原来那天，皇姑娘娘路过此地时，她坐过的那块石头，不久日渐向上增长，当地人相传为神石。这寺院里的李老僧原为海陵王的忠臣，跟随海陵王多年，曾暗害过不少人的性命，宗弼之长子完颜亨（芮王）的死与他关系甚大。金世宗继位后，他隐蔽于华池深山林海，从事宗教活动，默默忏悔以前的罪过，在迎接皇姑娘娘时他只好蒙面，不敢抬头。后来，他在圣母娘娘坐过的石头——日渐增大的石面上雕刻佛像，他雕塑一层，石头随着长高一层，为了悔罪，直到累死在石塔旁。黄普见师父已离开人世，万念俱灰，就走出了寺院，便远远眺望到那石塔上似乎惟妙惟肖地站着两位小公主，她们深情脉脉地向他微笑。他便接替李老僧师父未完成的雕刻工程。随着石头向上增高，他不断地雕刻各种形态各异的佛像，尤其难忘的是在他巧手雕刻之下，出现了众多栩栩如生的人物和物件，如彩霞、彩云般美丽的少女形象，也有香包、链珠之类的信物。

这时的白花公主（圣母娘娘）已修成正果，坐化于泾川完颜村的九顶梅花山为神。她窥测到黄普已深深陷入了思念两位小公主的深渊之中，石塔雕塑到七层以上，再不让超过九顶梅花山那九顶云霄极限之高度。黄普同样也累死在双石塔旁，圆了他的夙愿。

两位小公主，涉河爬坡，边走边哭。心想她俩一路颠沛，受尽磨难，寻到黄普的踪迹后，他却遁入空门，圆寂后成了神仙。要见他的容貌，也只似梦似幻，虚无缥缈，哪里还有半分盼头。愈想愈悲，只哭得飞沙走石、天昏地暗。忽然间，天空沉沉地响起一声巨雷，接着又是一阵寂静。姐妹俩耳边飘来了皇姑娘娘的声音："勿怨天来勿怨地，世路风波本坎坷，昂首挺进佛门庵，顿消怨恨与情断。"两人猛然抬起泪眼寻声望去，只见一道佛光冲天而起，对岸寺院中的老和尚伴着一位年轻僧人，他们就是李老僧和黄普，也化成一高一低的两尊石佛。两姐妹肝肠寸断，连声大呼，刹那间，又有两道佛光冲天而来，两姐妹竟也变成两座浑身布满佛像的石塔，正在一节节原地升起，两姐妹如布谷鸟儿一样，昂首站在塔顶，每到春暖花开季节，向农夫们发出"姑姑等，姑姑等"的清脆而凄惨的叫声。几百年来，这石佛像和双塔隔河而立，双双对视，不知经历了多少风风雨雨，见证了多少悲欢离合，当地人为了纪念李老僧、黄普和两姐妹，把李老僧与黄普变佛的寺院起名为"立佛寺"，把两姐妹变成的双塔叫作"姊妹塔"。后来李老僧的后裔们还是继续修筑，扩大寺院规模。到了清朝年间，还有人专门为姊妹塔题诗一首："辟图姊妹依深山，茫茫林海翠阁秀，疑似仙女落九天，清清流水照红颜。"姊妹塔通体布满小佛像，尤其以女性雕像居多，这是两姐妹和黄普生死永不分离的写照。

由于圣母娘娘旨意，没有把七层以上的部分建造完成，到后来姐妹塔又多次被盗，双塔于搬迁中在第六层塔体内又发现了一件稀世珍品——千岁绣包，这就是出自彩霞和彩云之手的香包。

传说总归是传说，但历史传诵有其来龙去脉的历史遗痕。泾川完颜氏每年农历的三月十五，要举行跳神、祭天祭地、祭祀祖宗、祭庄稼的活动，打羊皮鼓的法司们就敬奉一种神鸟，叫"燕吒腊"，它专门吃害虫，并以春夏之季在田野里叫的"姑姑等，姑姑等"的鸟儿为祖师爷。因这香包的来历，从那时起，陇东民间才有了男女以香包作为信物的习俗，如今这香包誉满全国，将要走出国门。

在清朝中期，陇东地区曾发生特大的瘟疫，身为医学家、史学家、诗人的皇甫谧因防治病疫，拯救百姓生命功绩显著，人们为纪念他修造了"皇甫公德庙"以神来敬奉，这个"皇甫"与那个"黄普"是一个人还是两个根本不同的人，难以说清，不知是历史的巧合或是古人有意的编排，它总是代表了人们的一种憧憬。宗颜氏原敬奉的圣母娘娘庙也在重修时，演变成为皇甫圣母娘娘庙，而皇甫圣母庙，在陇东乡村比比皆是。

十、西王母宫山巅铁钟救康熙的故事

奶奶对我说，她常听老人讲：相传在清康熙年间，有一年天下大旱，赤野千里。康熙帝一来有意到民间暗查灾粮赈济情况，二来也想借机寻找出家为僧的父亲，并想祭奠一下大金国祖宗。于是便乔装打扮，带两个贴身随从，一路迤逦而去。沿途每见到一处寺院或高山、大河都要亲自上香叩首，祈求国运昌盛，社稷平安，百姓安居乐业。

一日，康熙一行走到西王母宫山前，远远看见前方半山腰有个寺院，墙外露出一座钟楼，秀丽挺拔，峻峭奇特，铁钟高高悬挂于空中。康熙爷就吩咐随从在山下等候，自己上去看个究竟。心想，顺便打听打听父皇的下落和大金国的遗迹。

刚上到山巅，才发觉铁钟前香炉上布满了蜘蛛网，香火寥落。几个僧人在堂前无精打采地诵经打坐。康熙爷见此情景不由暗叹了一口气，真可惜这么漂亮的山庙，这么宏大的铁钟，白白荒废了。看样子是遇上年馑，香客稀少，僧人也过得艰难。

康熙爷上完香后，便围着铁钟细细观赏一番后，便顺手击打了一下铁钟，那声音一下惊得飞鸟四处乱窜。尤其钟身上雕刻的具有女真特色、形态各异的小佛像和"金大安"几个大字，真令他赞叹不已。康熙正看得入神，只觉得头上重重挨了一下，便失去了知觉。

原来遇上灾荒之年，这山上的和尚死的死，逃的逃，山巅寺院早已废弃。一伙强盗便假扮和尚，专干一些欺男霸女、谋财害命的勾当。他们看见这个进香的过路人穿戴不俗，料定他身上钱财不少，顿时起了歹心。

且说山下两个随从左等右等不见皇上回来，不知出了什么事情。气喘吁吁爬上半山腰，就听见山峰前一个男子高声嚷道："弟兄们，这男娃，其实没钱财，不如一刀劈了他，只有这身绸缎还能值几个钱！"

两个随从一听大事不好，皇上八成是遇上强盗了，一个马上跑去县城搬兵，另一个伏在暗处观察动静。

康熙醒来后，才发现自己被绑在钟楼的柱子上，手脚并捆，嘴里塞了一团乱麻，动也动不得，喊也喊不出，心里戚然："可叹我一代君王，今日竟落在这伙小小蟊贼之手，丧生于荒郊野外！"正想着，几个强盗拥上来解开绳子，推搡着就要对他下毒手。恰在此时，救兵赶到，强盗顾不上康熙，四处逃命。仓皇中碰翻了香炉、蜡烛，风助火势，山中寺院一片火海。

两个随从和官兵到处找，就是不见皇上影子，这下子吓坏了县令及随从，不由得失声痛哭起来。他们漫山遍野一声声高呼万岁你在哪里？忽然隐隐约约从山巅的铁钟里传来"救命"的声音，众人又惊又喜，寻声找去，这才发觉原先悬着的钟已经落下，声音竟从那钟下传出来。原来，就在强盗解开绳索要下毒手时，钟楼内的大钟掉了下来，不偏不斜刚好将康熙罩在当中，使他安然躲过了这一劫。

从这以后，人们都说西王母娘娘和圣母娘娘是隔泾河水遥遥相望的女神、女仙，一个来自昆仑山，另一个来自长白山。那天康熙遇难时，是圣母娘娘用她纺的红毛线向西王母娘娘求救，西王母又向天神求助。那口金大安铁钟是按天神的谕旨，专门救康熙皇上的。大钟至今还高高悬挂在西王母宫山巅。从此，西王母宫山巅铁钟救康熙的故事就一代代传下来了。

十一、初探神秘的郭蛤蟆城

从小听老人讲述金兀术在中原金戈铁马、南征北战的故事，使我早已产生了要探一探那神秘的郭蛤蟆城的想法。当我刚走进会宁北面辽阔的旱塬上，山梁连绵，蜿蜒至贺兰山脚下，它恢宏的气势恰如会宁人那执着坚韧的骨气，宽阔淳朴的胸怀，令我久仰史册中记载的金代抗元的英雄郭蛤蟆。当蒙古铁骑横扫中原大地三年之后，会宁这块土地上还飘着大金国的旗帜，实在引人入胜。

郭蛤蟆是会州人，保甲武行，射生家世出身，与其弟录大都以骑射著名而入金朝军营。

郭蛤蟆与其弟录大以阻击西夏、蒙古有功，迁升授平凉府事，兼会州刺史，连晋官级，赐姓颜盏。在县城北面的郭城铎乡镇，可见一座气势宏伟的古城遗址，经过七百多年历史沧桑巨变，它至今仍受到人们敬仰。会州城建于北宋元符二年，金朝西部元帅郭蛤蟆守城抗元，坚持三年后城破举家自焚，后人修了郭蛤蟆城以便永远怀念。

早在一二一七年，西夏来攻打会州，录大远远遥望敌兵营地距离自己的阵地不过二百余步，西夏的主兵都穿着闪烁光芒的金衣出入阵营中，他们便迫不及待发弓射中一人颈部，又射一人两手于树，敌军见势大为惊惶。不久城门被攻破，录大、蛤蟆兄弟俩被当场活捉。西夏人长期与其征战，深知他们弟兄俩武功高强，是西北地方难得的战将，就未残杀，暂时将其囚禁起来，百般劝诱其投降，可是两人誓死不屈。金朝廷闻讯后给予家族以重赏，并将录大的儿子伴牛升官，授予巡尉之职。兄弟俩被囚禁中时刻窥探动静，寻机想法逃奔到了会州，自己拔掉胡须以示抗议，西夏人发觉后无可奈何，便将录大杀害，郭蛤蟆趁敌一时不防备，神秘地逃出了西夏魔掌，回归会州。朝廷念录大忠心授予其子伴牛会州军事判官一职，郭蛤蟆被授予管辖巩州（陇西）事，连续提升官职两级，并授兰州军州事多年。

兴定五年冬天，西夏派遣几万兵马攻打定西，郭蛤蟆英勇迎战取胜，杀敌军七百，获战马五十匹，他以战功升迁临洮府事。

元光二年，西夏数十万步骑再次攻打陕西凤翔，形势甚为急迫，金元帅赤盏合喜以郭蛤蟆为总领军，大获全胜，西夏军闻风而退。郭蛤蟆晋升为靖难军节度使，又改通远军节度使，授山东西路斡可必剌谋克，名声显赫，官职青云直上。

这年冬天，郭蛤蟆会同驻守巩州的元帅田瑞攻取会州。蛤蟆率五百骑兵，以红色的僧侣袈裟衣服蒙面，隐藏于蔽州南山，神不知鬼不觉地突然南下，西夏人望而生畏，以为神兵天将，军营乱作一团，城墙上有人手举木板，蛤蟆以箭百发百中射死数百人，全是手和木板被射穿。西夏人大为震惊，全部投降。这时候被西夏所占四年之久的会州终于被光复，百姓无不兴高采烈。朝廷以重功臣授蛤蟆凤翔府事，本路兵马都总管，元帅左都督兼兰州、临洮、会州、河州元帅府事，九月以功著受宠进宫。

他万里长途向金哀宗进贡西域的骏马两匹，哀宗皇帝赐予他金鼎、玉兔鹘、郭伦哥等贵重物品。哀宗完颜守绪感激地说："卿武艺超绝，所贡马匹可用作战场，朕乘此马徒能尽了其国力？你已进来为朕所属，朕便返赐予爱卿吧！"

这时金朝已与当年的宋王朝一样，气息已尽，四面楚歌。金哀宗于天兴二年迁都于蔡州，但也未能免除危机四伏的局面，又思虑重重，知道孤城难保，深信西北关陇地辽阔，帅将济济，如完颜宗弼父子在陇中多年营造，加之郭蛤蟆这等忠英，巍然屹立西北边疆，阻止西夏几十年，从未丢半寸疆土，便欲迁都巩昌。当时粘葛完展为巩昌行省，完展已听到蔡州沦陷，想先安抚民心再等嗣立后行事，派人去蔡州探询旨意。此时，绥德州帅汪世显也知道蔡州沦陷的消息，他本就记恨完展的管制，想用兵围歼完展，可是又担心郭蛤蟆的威慑力，还是派人约郭蛤蟆想一同合力攻巩昌。可是郭蛤蟆却理直气壮地说："粘葛公乃奉诏为行省，号令孰敢不从，今主上受难于蔡州，本来想迁都巩昌，国家危难之际，我们不能冒生命危险相救，又不能率众前去迎驾，要我攻粘葛公不是破坏了皇上迁都圣洁之地，皇帝到哪儿安身？你是元帅，要背离国家那由你自己去吧。"随后那汪世显独自率兵攻破巩昌杀了完展，便送钱粮北上投降元朝。

一二三七年大金国灭亡已三载，西边各州府皆归顺元朝，唯独郭蛤蟆坚守孤城。这年冬天，元朝大军兵临城下，蛤蟆明知难以支撑，却宁死不降，便集全城金、银、铜、铁，焚烧铸造武器，杀牛马以供兵士食用，号召众人团结奋进，浴血战斗。双方激战中，各自人马伤亡惨重，他让家人妻子及所有人进入屋内关闭门房，准备自己焚烧。当时有一妾稍有迟疑犹豫便被当众处死以示正法。将士们手持弓箭站立烈火前迎战，不久城破，士卒们战到弓尽箭绝、精疲力竭时，跳入火坑而自焚。唯郭蛤蟆一人还用门扇阻挡，站草堆上连发二三百箭，而无一不命中对方的，最后战到箭尽，他投弓箭于火中自焚。在他以身作则的率领下，城内无一人肯投降的，郭蛤蟆死时年仅四十有五。后人们被他悲壮气概所感，于原城址重修了城池，名曰郭蛤蟆城，树碑立祠，以便久仰永纪。

郭蛤蟆城垣内一外二，壕堑三道，夯土筑修而成。城南的城墙长三百六十米，北墙长一百七十二米，东城墙全长四百四十米，并有瓮城，西面多半部已被祖厉河水冲毁。当地人对这座古城遗址抱有一种神秘的猜测，对郭蛤蟆的历史、来龙去脉传说各异。有人说，这里有大量深藏的金银珍宝，因此古城周围内外，到处可见被人偷盗挖掘的黑乎乎的深洞和一时难以望到底的深坑。也有人认定，这是一块有龙脉的风水宝地，即有人在这里明埋暗藏，坟墓遍地。这里存留很深的黑灰，人们挖运灰土地当肥料，还有人将这里的河称为蛤蟆河，沟叫蛤蟆沟，山称其蛤蟆山，蛤蟆在这儿被认为是一种神灵，是一种仙气，传说郭蛤蟆有神通广大、变幻莫测的魔法。至于他为捍卫疆土完整所表现出的民族气节，人们都默默认可，并无太多议论，这正是会宁人淳朴的骨气、西部关陇人憨厚的性格，人们把为历史发展推波助澜并做出贡献的人牢牢记在心里。

十二、女真人先祖挹娄王木尔哈勤汗王的传说故事

在爷爷奶奶给我讲述女真人传说故事中，有很多与双塔寺院两姐妹一样的故事。他们说，在很久很久以前，有一个叫木尔哈勤的挹娄人，能骑善猎。一天，他催马逐鹿来到一个高山脚下，下马坐在一棵古树旁，忽听远处隐隐约约传来女人银铃般的嬉笑声，他感到奇怪，于是就寻着笑声向前走去。他穿过密林，来到一条河边，那悦耳的笑声就在跟前。

他用手扒开苇障，向河中窥视，只见河中七个一丝不挂的仙女正在洗浴。正当青春年少的木尔哈勤不假思索地扑向前，就把其中的一个仙女抱住。这一突如其来的不速之客，使余下的六姐妹始料不及，便纷纷乘仙鹤飞向了天际。木尔哈勤将仙女抱到一块草地上，过了一会儿，仙女慢慢睁开眼睛，看到英俊健壮的木尔哈勤跪在她面前，不知怎么的，一种从未有过的爱慕之情油然而生。于是，二人私订终身便成为了夫妻。

仙女名叫那丹，是七仙女中最小的一个，家住在遥远的须弥山下。禀上天之意，在凡间留下仙迹，意在点化众生悟真善，离邪恶。于是，七仙女下凡游历乌苏里江、兴凯湖，落浴七星河。仙女那丹告诉木尔哈勤："从咱这儿往上行不远处有七座山峰，这七座山峰就是我们七姐妹对应凡间万古不变的石身，最后边那座峰便是我。"那丹转身指向他们身后的一个高大山岗，对木尔哈勤又说，"这就是通天的七星祭坛，是上天为我们七姐妹下凡到人间打造的天梯，如果你站在上面顿时就会感到天人合一，直上九霄了。它上面还有我们七姐妹留下的深深的足迹哪！木尔哈勤紧握那丹的手，兴奋地说："我们在这儿安个家多好啊！"那丹说："那有何难。"就见她一挥手，顷刻间一座雄伟壮观的宫殿出现了，又一挥手，四面城墙从地面上慢慢升起。木尔哈勤被这一幕惊呆了，仿佛是梦，可又是如此这般真切。那丹拉起惊愕不已的木尔哈勤向城门走去，他们来到中心广场，走过宽广的街道和纵横的小巷，映入眼帘的是那些玲珑剔透的亭台楼阁和雄伟壮观的宫殿。

最后，夫妻二人站在宫殿内举目四望，只见宝殿上方高高悬挂的七星宝剑闪出逼人的寒光。那丹说："我们给这座城取个名字，就叫巴如古苏吧，你是城主，你要爱众生胜过爱自己。明日，我将回须弥山探望六姐妹，如你有事就到七星祭坛轻念咒语，我即返回。"

第二天早晨，仙女那丹告别了丈夫，走上了七星祭坛，瞬间就飞走

了。木尔哈勤牢记妻子的话，管理着巴如古苏城。有一年，痘疹流行，木尔哈勤身染不愈，思妻心切，便到七星祭坛去唤爱妻归来，可木尔哈勤竟然忘记了咒语，顿时他感到撕心裂肺，无奈地抚摸着七星祭坛上的仙女足迹痛哭不已，不久便离开了人世。

巴如古苏城的众生起初牢记祖训，过着平静的生活，一代又一代，不知过了多少代，祖训早已忘得干干净净，生者之间乱伦、贪婪、欺诈，无恶不作。忽一日，一场莫名的大火将巴如古苏城化为灰烬，只剩下几个善良的人向后人讲述着那曾经辉煌的文明，讲述着一只金色凤凰落在七星祭坛上的神奇故事。为了怀念仙女那丹，后人就将巴如古苏城改名为凤临城了。

一位是英俊少年，一位是美貌神女，两人互生爱慕，私订终身。从此，美丽的七星河边，到处都留下了两个人甜蜜而快乐的身影，留下了古城的传说。

另外，还有一段与这个故事有所区别的传说：一天，有三位天女下凡洗澡，木尔哈勤汗王爱慕小天女，将小天女衣服藏起，大天女、二天女升天，小天女无法升天，后嫁给了木尔哈勤汗王，其后生有一女西马安尼，一子木竹林。其王位传给了木竹林。不久，木竹林开始西征，他先后征服巴如古苏霍通、巴尔道霍通、卓不勾霍通、什热勾霍通、阿尔米霍通等地，最后大获全胜。

祖辈向晚辈讲述这些传说故事，是告诉我们完颜氏的来历。所以，我们听后感到传说故事也能昭示历史。过去在我们国家北方的土地上，曾有过肃慎、挹娄、勿吉、靺鞨、女真，都是我们满族的先民，是不同时期历史上不同的称呼。挹娄人原先有自己的国家；勿吉人也有自己的国家，勿吉国在高句丽北；肃慎国后来成了靺鞨国；在以阿勒楚喀城为都城的女真人建立了金国；在元、明朝的满族祖先，也同样以部落形式聚居在一起，如建州女真、海西女真中的乌拉部、哈达部、辉发部和叶赫部等，与中原汉民族一样，满族的历史一直在延续和传承。所以，到清朝初期，女真人都以部落国家形态存在，这是事实。因此，泾川完颜氏一直被人们称为女真完颜部落。

十三、女真人的活化石——完颜德德

前面已讲述了不少女真人在泾川的历史遗存和传说故事。现在要带你认识一位泾川城里的小人物。在二十世纪四五十年代，当时我在泾川小县城里能看到一个人们称为"街棍子"或"现世宝"的人。他就是一位非常引人注目，自己也以皇室贵胄自居的完颜德德。我现借助平凉考古学家、作家刘玉林先生的著作，让世人来重新认识完颜德德，由外族人来评述可能更公正一些。刘玉林先生笔下的完颜德德相貌堂堂，圆形脸庞，浓眉大眼，络腮胡子不太浓密，矮胖身材，走起路来不紧不慢，四平八稳。因为他的衣着穿戴和一举一动很有特点，便成了人们议论的话题。过去人们常说，泾川城里有四宝：迎人、豆换、完颜德德、胡考考。而完颜德德不同于以上三人，那三人是好吃懒做、常年乞讨、露宿街头那样的"现世宝"。不过，此人脾气古怪，不善与人交往，也不偷不要，靠常年在门前摆个摊子谋生。

要讲清完颜德德，必须先弄清楚大金国的四太子（金兀术），他在关陇尽显其天才军事家的禀赋，金末曾在平凉置行省，是完颜人在泾川整村定居的一道人文背景。

金朝统治平凉一百一十年，与南宋和西夏有无数的战争，使关陇地区不曾寂寞。金兀术虽未当过皇帝，但却是天才的军事家，是金宗室中最著名的人物，因此妇孺皆知。他在关陇经营的最著名战事，当是与庄浪籍宋将吴氏三世（玠、璘、挺）在和尚原（宝鸡）、仙人关（大散关）之战。在泾川，则有曲端派吴玠迎击青溪岭（今芮丰乡）之金兵。一一三四年，金兀术率五十万大军，向和尚原发起第三次猛攻，在徽县、武都、成县、天水、凤县、陇县激战两月有余。

绍兴末年，金又以十数万大军攻静宁、隆德，占领秦陇州县，有四路之地盘，含凤翔、静宁、平凉、镇原、天水、陇县、延安、宜川、志丹、隆德、富县、庆阳、环县、宁县、彬县、固原、泾川、临洮、临潭、贵德、兰州、陇西、靖远、临夏地区。这也是满族先民金朝女真人进驻甘肃的开始，而女真人定居甘肃成为甘肃土著民族，则始于完颜亨葬于泾川的一一六一年，早于甘肃建省（元代）之前。

兴定四年，金将陕西行省分为东、西两路，西路驻平凉，重臣白撒（完颜承裔，为末帝承麟之兄）行省事于平凉，后调完颜合达从京兆行省至平凉行省继任，共两任，从一二二〇年至一二二九年，约九年的时间。这是中国自古以来平凉曾设省会的历史。承裔作为平凉行省长官，肯定恩惠于泾川的亲属。

泾川之县名也起始于金代，现存在泾州建制唯一印鉴是金代的"泾州之印"。据说金大定七年将保定县改为泾川县，泾川这个地名从此问世，沿用至今已有八百多年。

一九七六年于城关公社完颜洼大队庙张生产队出土"泾州之印"，边款记有"承安三年十一月"字迹，是目前发现的泾川建制的唯一印鉴。这一金代官印，是由完颜氏在金亡时特别保存下的。

县城营门上，是原金代完颜女真人修建的一条街道（现邮电局所在地），到了清朝乾隆年间由朝廷赐款重新扩建，是青砖、绿瓦、大红门庭、砖木结构的建筑群体，院落有多处还保存着金代和清代的建筑风格，一些朝廷和地方官员、书香门第多住此园地。从西安、兰州、西宁等地运来的文书档案、经卷字画存放在二楼。二十世纪五十年代前已故的完颜虎先生说，他父亲完颜重九曾经当过管家，很多人还亲眼看见过这些文档物品。他说装文物字画的黄木箱是活动式样的，打开四面木板可见"百寿图""千鹤图""骏马图"等画卷，用黄绳捆起来成为箱子形状，还有装所谓天书的箱子等。

泾川县城营门上一条街是最艳丽的一道风景线，听说中华人民共和国成立前是一个叫完颜铁直和叫完颜队长的几个完颜家族人管理所有地产，所得收益用于泾川完颜氏族办学堂、唱大戏、祭祀祖先。

听老人们讲，泾川城里的完颜德德祖辈就是营门上一条街的管家，他的祖先是金代皇室的完颜宗弼。人们习惯叫他德德娃，按排行他为老七，家族内尊称他为七爷。他能给人留下难忘的印象，那还是中华人民共和国成立以后的事。因家产被没收、生活困难他才装疯卖傻的，由于衣着打扮与众不同，人们又叫他"完颜疯子"，以后人们将他列入街道一宝之内。

冬天，他头上戴一顶狐狸皮包里的大红毡帽，脖子上围着很长的狐狸尾巴做的围巾，上身穿一件深红色的毛料大袍子，腰里系着长腰带，袍子的前后襟提到了小腿上，宽大的深红裤子，裤脚装在棕色贴花的皮筒靴里，靴子的鞋头像钩子一样向上翘起。穿着这身颜色陈旧、又破又烂的衣服，显得特别臃肿，却又十分威武。加上他脖子上挂的珊瑚珠，腰间佩带的镶嵌宝石的短刀，手里拿的那只又粗又长的白铜烟袋锅，确实不失王公贵胄的风范。春秋季节，他除了把狐皮帽换成瓜笠帽外，再没有较大的变化。夏天天热时，他脱下大袍子，换上了发黄的白色绸大褂。特别炎热时，绸大褂又换成了竹节汗衫。

说起这件汗衫，确实是一件稀世珍宝。过去人们说的珍珠汗衫，是用米粒大的珍珠编串而成的，只有皇帝、皇后才有资格穿。而他穿的这件用约两毫米粗、五六毫米长的小竹管编串的衣服，恐怕也不是一般人能买得起的。由于年代久远，加上人的汗水浸润，那些小竹管变得发红、发亮，真有一种珠光宝气的感觉，所以我把它叫作"真竹汗衫"。这种衣服是我平生见过的唯一一件。由于完颜德德常年穿长袖衣服，他的脸色棕红，身上的皮肤很白净，赤身穿上这件用小竹管编的、能透出肌肤的又宽又大的汗衫，红中透白，分外耀眼。

平时他胳膊上总是挎着一个竹笼筐，上面有花花绿绿的丝绸布袋，里面装着碎小古玩，他靠卖这些东西维持生计。笼筐上绑一个小木板凳，需要休息或摆摊时，取下板凳就地落座。此人脾气古怪，不善与人交往，在街上和他打招呼的人也不多，不是知心朋友便不聊天说话。他的主要活动场所在南门外、衙门口、营门上和隍庙一带地方。

大概到了二十世纪六十年代，泾川街道上这位具有金朝皇室血统，又一直保持女真族特色的人物离开了人世。后来有人说他是一九六〇年饿死的。随着时光的流逝，完颜德德的形象消失在泾川人们的记忆中。如果以一九六〇年七十岁计算，他应生于一八九〇年，即清光绪十六年前后。令人费解的是在"元灭金，绝金世"以后的八百多年中，女真族早已淹没在历史长河中，而在远离女真人故乡的泾川，这个完颜氏家族却顽强地保存下来。完颜德德不因世事变化而改变族别，不因朝代更替而改变服饰，他是一位真正的女真人后嗣。他也可能是中国历史上唯一的一个没有被同化了的女真人，因此有人把他称为"女真族的活化石"。

第二章　金兀术父子在陇原与宋朝的征战

　　有关金兀术与宋朝的故事，大多来自《说岳全传》以及一些戏曲演出，其影响颇深，家喻户晓，人人皆知。我要讲述的却不同，它是甘肃泾川完颜氏老人们互相传诵的民间故事，这些故事都鲜为人知，成了完颜氏家传的历史记忆。

　　人们说，金兀术于一一二六年统军攻入开封。次年五月，康王赵构费尽心机和周折在南京（今河南省商丘）建立了南宋政权。从此金朝便占据东北和中原的半壁江山，南宋与金朝之间互不相让，彼此发生过无数次厮杀、激战。在这些年内使西夏的李元昊看准了时机，便乘虚直入河西走廊，而蒙古军借机崛起相继灭了金朝、宋朝，真可谓风起云涌多变幻，一代新朝换旧符。

　　说书人打起竹板，瞪圆眼睛，高声地说："这一时期是中国大地英雄辈出、扑朔迷离的时期，其中有引人入胜的民间传说故事，有正史的分说，也有野史的演绎，不同的作品有各自的描述，是非真假众说纷纭，成败得失疑窦丛生。这个时期虽然不像东汉末年魏国、蜀国、吴国三足鼎立那样引人注目，但它却有其独特之处，它胜似'三国'的故事。这就是宋、金、元三方于同一土地上精彩演绎的一百多年，人们津津乐道，其说不一，真假难分。再加上西夏在河西走廊兴盛崛起，很快建立起以敦煌为根据地的李元昊'沙漠王国'的壮举，这一时期真乃为'四方争雄，三国鼎立'的英雄争霸的时代。"

　　在这段错综复杂的历史演变进程中涌现出不少政治家、军事家，其中有汉族的，也有少数民族的。在少数民族中为国家统一、争夺沃壤，尽显其能的金朝完颜宗弼（金兀术）就是其中一员，他驰骋中原，审时度势，趁北宋因腐败而将要丧权之机，中国唯一这支军事力量历史性地、毫无疑义地能与南宋没落政权相抗衡，这一对抗只能称为兄弟阋墙。随后在金与南宋既争战又和好，难以脱身、鞭长莫及、顾此失彼之时，蒙古军在北边草原迅速强大，以雷霆万钧之势，把金朝、南宋一扫而净，使演绎更为激烈精彩。

一、金兀术与吴氏兄弟的精彩斗争

以前民间传说和戏曲演出大多都是集中讲岳飞与金兀术的争战故事。现在我要说说金朝与南宋在秦陇大地激战四十多年的军事斗争故事。需要提到的人除了著名抗金名将韩世忠和岳飞等重要人物之外，那便是陇籍吴氏兄弟俩，即吴玠和吴璘。以往人们只知道岳飞与金兀术的争战，而对甘肃籍的吴氏兄弟就了解不太多了。

吴氏弟兄自幼生长在干戈扰攘的边界地区，习知戎马战射，有立功报国的雄心壮志。在南宋抗金斗争中，他们与韩世忠、岳飞等一样是彪炳史册的英雄人物。富平败后，张浚置司阆州（今四川阆中），秦凤路统领关师古退保岷、巩；刘锡屯阶、成；秦凤副总管兼知凤翔府的吴璘和他的弟弟吴玠也带领数千名散卒驻扎在大散关以东的和尚原。当时，"朝间隔绝，人无固志"，有人阴谋劫持吴氏弟兄去降金。二吴临危不惧，召集诸将，歃血盟誓。

将士们见他们正义堂堂，都感动得流下了眼泪，纷纷表示愿在他们麾下效劳。在安定军心的基础上，吴氏兄弟进一步联系民众，争取得到民众的支援。由于他们体察民情，因此在群众中留下了好印象。吴氏兄弟积极抗金，直接关系到秦陇安危，深得群众的拥护。吴军中缺少粮食，百姓便自动献米献面，星夜向他们运送粮食。吴玠常常用钱帛厚酬百姓，百姓支援的米越来越多。金人发现后，在渭河沿岸伏兵截杀，又在村落设立保伍连坐法，严行纠察。但百姓还是不断地接济吴家军。吴氏兄弟为了减轻民众的负担，屡次裁减冗员，节省经费，发展水利，帮助几万户失业农民恢复了生产。

再回来看看金朝，在绍兴五年，金朝熙宗完颜亶继位的天眷元年间。在阶（今武都）、成、西和、天水、沔（今略阳县）、凤（今凤县）、梁（今汉中）、洋（今洋县）、利（今广元县）九州设屯田，发展生产，壮大了金军的力量。所以，南宋军遇金兵就望风溃逃。正当宋军一筹莫展之时，吴氏兄弟联合民众组织起来的"义军"，在秦陇地区与金军展开了持久战。特别是和尚原、仙人关之战，他们一再打败金军，阻止了金朝占领秦陇和四川的计划。为此，完颜宗弼率兵十万，向和尚原发起第三次猛攻。吴玠用断金粮草、设下埋伏、纵兵夜袭的办法，使金兵死伤万计，就连金兀术也连中两箭，这是金兀术进入中原以来遭遇的一次重大打击。

这迫使金兀术和其子完颜亨等将领们对这场争战不得不进行深思，于是他们采取了诸多策略和战术，也不失明智之举。不久，金兀术再次统领十万大军，由铁山（今甘肃微县）凿山开路，填沟架桥，沿岭东进，此时吴氏兄弟已放弃和尚原，移驻仙人关的杀金坪，吴璘则驻扎在武都、成县的七方关。

吴玠以南宋军一万，在杀金坪抗金，吴璘到武都、成县驰援杀金坪，沿途与金兵经过七昼夜激战，才得以在杀金坪与吴玠会合。宋金双方经过两个月激战，吴氏又一次大败金兵，从金朝手中收复了天水、凤县、陇县三州。在宋金对峙中，吴氏兄弟的宋军，先后与金兵进行了数十次战斗，不仅拒金于蜀口之外，且拖住金朝精锐主力，为后来元灭金提供了条件。

完颜氏说书的老先生说到这里时，情不自禁地手舞足蹈，似乎两军厮杀的场面就在眼前。战场上满天尘雾，遍地黄沙腾起。远闻战鼓震荡，胡笳号角高鸣。只见这边千条钢鞭舞过，那边铁棍狼牙棒甩来，让人目不暇接，眼花缭乱，仿佛将听众引进当年的古战场一样。吴氏兄弟在秦陇、川蜀与完颜宗弼父子为首的金朝诸将帅们进行了数十次艰苦卓绝的战斗，演绎了一幕幕精彩动人、威武雄壮的战争。

在陕西宝鸡市的南面，绍兴元年三月，金兵两次进攻和尚原，被吴氏兄弟打败。这年十月，金陕西都统洛索（娄宝）已死。完颜宗弼（金兀术）长子完颜亨，汇聚诸路兵十余万人，造浮桥，修水路，凿山洞，跨渭水，垒石为城，结成许多"连珠营""连环城"和连环战马队，向和尚原发动第三次规模巨大的进攻。吴氏兄弟针对金兵顽强耐战的特点，选用强弓劲弩，轮番射出，箭如雨注。金军见势只好后退。这时吴玠又以骑兵追击，截断金兵粮草。在这次战役中，宋军俘虏金军将士万余人。吴玠在这次战役后升为镇西军节度使，吴璘升为康州团练使、泾原路军副总管。

在绍兴末年，金朝又以十万大军，分数路进攻德顺州、静宁，吴璘带病指挥，筑堡以守。双方交战，死伤都很惨重，金兵始终无法取胜。此时，南宋朝廷内部，继赵构、秦桧之后，投降派以史浩为代表的又占了上风。十二月，南宋朝廷不得不命令吴璘班师退兵。这对吴璘的身心健康打击很大，从此他的病情时好时坏。

金军乘势追击，吴璘军三万，得还者仅七千，将士所剩无几。吴氏兄弟的宋军与金军浴血苦战近十五年，从金朝手中夺回的十数州秦陇土地，又被金朝重新夺去了。

秦陇大地山高势险，进可攻退可守，谁占有了它，谁就有可能占有全国。正因为这样，宋金争夺斗争就显得异常激烈、精彩，给历史文化留下了宝贵的财富。

完颜宗弼父子在和尚原战败后，由河东回到燕山。金左副元帅宗维又派萨里干为陕西经略使，率兵驻凤翔府，与宋军相持。吴玠屯兵河池（今微县），金朝派宋降将李彦琪驻秦州，牵制宋军，并窃据仙人关（在今微县南），然后又派骑兵骚扰熙河。萨里干则从商街直捣上津（湖北郧西西北），对宋军形成夹击之势。金人攻取金州（今陕西安康）。二月，萨里干长驱直入洋、汉等州县。宋朝驻守兴元的刘子羽闻讯，急命田晟防守饶风关，并发驿书召患病中的吴玠来援。吴玠提兵，一昼夜赶三百里路程，从河池来到饶风关。

为了挫败金兵的锐气，吴玠派人送一批黄柑到金营说："大军远道而来，聊以解渴。"萨里干见了，大吃一惊，以杖击地说："他怎么来得这样迅速！感谢吴将军的盛情！"不久，双方在饶风岭又展开了激战。

古人常说，两军对垒，勇者取胜。金兵披着重铠，向高处仰攻。每一人先登，有二人随后，前面的战死了，后面的接着攻。宋军弓弩齐发，大石砸压，连战六昼夜，但进攻仍然不停。金人在夜晚从老百姓处，出巨资募招敢死队，不几日便募得五千多名年轻力壮的人员，准备硬冲。

以金兀术父子为首的金军每到一地，因军纪严明，尊老爱幼，不进驻民宅，粮草按价付款，给当地长老祝寿，为孤寡无力者代耕代收。这时有个降金的南宋军官通过山间小路，将金兵领到关后，居高临下，击败了南宋军队。然而在金兵撤退的时候，吴玠遣兵在武休关（陕西留坝南）追击，金军虽攻进了梁、洋、兴元三州府，但结果双方都得不偿失，平起平坐。

战争中因金军出高价收购军需的举措，在夜晚常常有老百姓送粮、送草、送情报、服劳役的，这给金军取胜创造了得天独厚的保障条件。

当金军进攻异常猛烈时，都被吴家军打退，金兀术盛怒之下，改用云梯登城进攻内城。吴玠遣部将杨政用撞竹击碎云梯，又拿长刀刺杀。金兵合攻不下，分兵为二：完颜宗弼列阵于城东，韩常布兵于城西。宋军左萦右绕，苦战良久，疲惫不堪，遂放弃了第一道防线，退屯于第二隘。金兵步步紧逼，人披重铠，铁刃相连，鱼贯而上。吴璘督军死战，矢下如雨。吴玠派杨政、田晟率领一支精兵用长刀大斧，分左右砍击。当晚，又在四面山上燃起熊熊烈火，擂鼓大震。

次日拂晓，宋军发起反攻。吴玠派统领官王喜、王武等率兵分紫、白二色旗，冲入金军兵营，金兵惊惶逃窜。这时，吴玠又遣统制官张彦劫敌横山寨；统制王俊伏兵河池，再次大败金兵，收复了秦、凤、陇三州之地。

金军自元帅以下都携眷而来，这是我国历代战争中未曾有过的先例，他们决意要打开蜀口，入主四川，然后想顺江东下，消灭南宋政权。这一决策来自海陵王"直捣黄龙府"，消除人们思念故土之情，一统国家，令金兵所在地统一露营安寨，搭棚挖洞，四处为家，当地老百姓对此极为欢迎。

吴玠在仙人关病逝以后，领导川陕军民的重任落到了吴璘身上。这时，金朝重臣粘罕已死，挞懒一派掌握政权，国内派别斗争也很激烈，挞懒为争权，想联络南宋为自己助力，乃废去刘豫政权，以赐还河南、陕西之地为诱饵，与南宋约和商谈多时。

南宋昏君赵构和秦桧被这突如其来的喜讯冲昏了头脑，他们由惧怕金兵，变而为仰赖金朝的恩赐，完全放弃了戒备和防务。正当宋高宗、秦桧一伙庆贺和议成功的时候，金朝内部也同样发生了政变。完颜宗弼（金兀术）取代了挞懒掌权。紧接着，倾国中之兵，大阅于祁州（今河北安国市）元帅府，然后分四路南下：镊呼贝勒出山东，萨里干攻陕右，李成趋河南，宗弼自率精兵十万余人与南宋叛将孔彦舟、郦琼、赵荣等抵汴，这是一次规模更大的军事行动，完颜宗弼未入东京，宋留守孟庾先迎降，河南诸郡望风纳款、投降，萨里干渡黄河，直入长安。

当时南宋陕右诸军被隔在敌后，唯熙河经略使兼宣抚司参谋官孙渥与秦凤经略使吴璘随四川宣抚副使胡世将在河池。胡世将猝临大敌，仓皇召集诸将商讨对策，孙渥建议放弃河池，移兵于仙人原，据险自保。

吴璘等人向萨里干约战，萨里干遣古延以三千铁骑直冲宋军，被宋将李师颜等打败，退入扶风县城。另一支策应古延的金军，被宋军打散。接着李师颜攻克扶风，又遣裨将击凤翔西城外。萨里干见势不妙，亲临百通坊参战，列阵二十余里，又被宋将姚仲击败。这一胜利，有力地配合了刘锜、韩世忠、张浚、王德等东路诸镇的军事行功，也为中路岳飞部的大举北伐争得了有利形势。

金将呼珊也很善战，迪布禄善谋，二人都是用兵老手。他们驻军的刘家圈前临峻岭，进退有据，加之打了胜仗，因而猜测宋军是不敢来攻的。吴璘揣知金情，又亲自踏看了地形，遂采纳步将姚仲的建议，约于明日大战。金人听了，并不防备。当夜，吴璘遣姚仲、王彦率所部直进，渡过湃水（千水），爬上峻岭，占据山坡，与金军相对立，然后点火为号，发起攻势。遣步将张士廉等取向道以扼腊家城，阻止金骑兵入城。

吴璘收复了秦州，杨政攻下陇州，破金岐下诸屯，郭浩取华县，宋军三路并进，有破竹之势。河东数十支忠义军，也在胡世将联络下成为内应。当吴璘攻腊家城的时候，天有不测风云，南宋朝廷却下令，令吴璘火速班师退回，致使胜利成果又被金军完全夺去。

吴璘在长期的操劳中，已经身染重病。完颜亮找出多种理由，说南宋背盟毁约，他便发军六十万，自将南来，弥望数十里，不绝如银壁。他遣合喜为西部大元帅，扼大散关，攻黄牛堡。当时吴璘重病在身，无力抵抗。金军先后收复了秦、陇、环、原、熙、河、兰、会、洮、积石、固原等十三州。直到金灭亡，秦陇各州大地都处在金朝统治之下，长达七十多年之久。

完颜宗弼虽未当过皇帝，但他在秦陇尽显其天才军事家的禀赋，曾于平凉设置行省，完颜氏女真人从此定居泾川。金曾统治平凉一百一十年，与南宋和西夏发生过无休止的战事。

宋金双方在军事上创造了极其丰富多彩、威武雄壮的攻击和防卫的战略战术，如水攻、火攻、风攻、驾云梯、人梯、树梯……在政治攻势上更是各显神通，发挥其技巧，在笼络百姓、兴修水利、发展生产上各有高招。

到金哀宗时曾欲迁都于巩昌（今陇西），可是后来因田瑞突如其来地出逃，汪世显打开城门迎接元军入城致使金朝灭亡。如今在定西和陇西县城内和当年田瑞、汪世显大金国臣民活动留下的痕迹比比皆是，我要逐个给予介绍。

二、吴氏兄弟其人其事

在南宋抗金斗争中，韩世忠、岳飞等与完颜宗弼争雄中原，名扬天下，而陇籍吴氏兄弟与完颜宗弼在秦陇大地精彩争战的故事，只有在陇原地方老百姓中有所传颂。

说的是在绍兴年间，正是金朝改革派海陵王完颜亮活动最频繁的时期。吴氏两兄弟在四川、陕西、甘肃人的支持下，率兵为保卫秦、陇、川蜀与以金兀术为首的金朝诸将帅们进行了数十次艰苦卓绝的战斗，给甘肃后人留下了珍贵的历史文化遗产和民间故事传说。

先说吴玠，他字晋卿，甘肃庄浪县水洛城人。年轻时投军，先后征讨过西夏，围剿过方腊起义军，屡立战功。

宋朝绍兴三年，吴玠领兵驻守河池。金帅撒离喝用叛将李彦琪驻在秦州来牵制吴玠，自己则领兵进入汉中地区，吴玠从河池出发急速增援汉中并击败了金朝的撒离喝。第二年，金兵大举进攻仙人关。当时吴玠的弟弟吴璘驻守在和尚原，吴玠命令放弃和尚原，要他回军把守仙人关右面的胜金坪，并在胜金坪修筑了堡垒，以保卫仙人关。这时候，撒离喝和刘夔领十万金兵沿着铁山凿崖开道，顺山岭而下，突然扑向了仙人关。而吴玠用万余人马把守住敌人必经的要道，吴璘也率军轻装由七方关昼夜兼程地赶来增援仙人关。

吴璘部与金兵转战七昼夜才与吴玠军会合。战斗刚开始，金兵先攻打吴玠的大营，被吴玠击退。金兵又用云梯等工具攻堡垒，这时候杨政指挥宋军用撞杆击碎云梯并命令士兵以长矛刺杀。吴璘拔刀在地上画了一道线，对众将士们高声说道："死就死在这里，谁后退就斩首。"金兵攻了一阵子，没有效果，便将人马分为两队，金兀术率领一队在东面攻打，韩常率领一队在西面攻打。吴璘则率领精锐士兵在金兵两队人马之间巧妙周旋，看准时机进攻敌人。

两军战了很久，吴璘所统率的士兵渐渐显出疲惫状态，吴磷急忙领众兵退入第二道防线来坚守。这时候，金兵又组织生力军猛扑了上来，他们个个身披厚重的铠甲，相互间用铁钩相连，向关上猛冲。吴璘急速命令士兵用弓箭来射杀，那箭像雨点般射向了金兵，但是后面的金兵仍然踏着前面的尸体在继续向上强攻。撒离喝打住马向四面看了看说："我攻下仙人关了。"

第二天，撒离喝命令金军攻打仙人关西北面的指挥塔，姚仲登上指挥塔与金兵进行激战，吴璘紧急命令田晟领兵，用长刀大斧左右冲杀金兵。第三天，吴玠率大军全面出击，其部将王喜、王武率领精锐士兵，分为紫、旗冲入金兵大营。金营大乱，宋兵奋力追杀，乱箭射中了韩常右眼。金兵开始逃跑，吴玠早已派统制张彦领兵在横山寨截击，并令王俊在河池设伏兵截住金兵退路。金兵知道吴玠大军不可侵犯，于是退兵凤翔地区。

吴玠暂且取胜后，在仙人关一带屯田，以补充军需的困难，从此金兵不敢轻易犯蜀。捷报传到南宋朝廷，南宋皇帝任吴玠为川陕宣抚副使。四月间，吴玠收复了凤、秦、陇三州。七月间，朝廷将仙人关战功载入史册。一一三六年九月，金与南宋议和，因吴玠功大，授开府仪同三司、四川宣抚使，陕西的阶、成等州府也归其管辖。不久，吴玠便卧床不起，病逝于仙人关，享年四十七岁。

吴璘，字唐卿，是吴玠的弟弟。小时候喜欢骑马射箭，舞刀弄枪。后随其兄吴玠征战多年，屡立战功，被朝廷授为阁门宣赞舍人。

南宋绍兴元年，吴璘在箭关战事后，因功被破格提拔，统领驻守和尚原的所有军马。这时吴玠驻守河池，吴璘守卫和尚原。一一三三年，吴玠在祖溪关被金兵所败，即令吴璘放弃和尚原在仙人关扎营驻守，以防金兵继续深入。一一三四年，金朝统帅金兀术、撒离喝果然率十万金兵进攻仙人关。吴璘领兵由武阶前来援助，并派人送去书信，信中对吴玠说："胜金坪距仙人关较远，阵地散乱，需要用后面阵地作主阵，这样定能打败金兵。"

吴玠听从了他的建议，急令士兵修筑第二道防壁。率军队冒着被金兵围困的危险与金兵交战，终于在仙人关与其弟会合。他与金兵血战数日，金兵大败而退，功劳册上报朝廷后，吴璘被提任熙河路经略安抚使兼熙州知州。一一三九年，又授任秦凤路经略安抚使兼秦州知州。吴玠死后，朝廷升任吴璘为龙神卫四厢都指挥使。这时正逢大金国废除了伪齐皇帝刘豫，将陕西之地归还了南宋朝。

不久，南宋派使臣前往陕西办理接管事宜，并令西路军三路统帅领兵进入陕西驻军，把守川口的军队全部调往陕西。吴璘上书说："金人反复无常，不可轻信其言，恐其有变。现将军队调往陕西，而四川门户空虚，金兵若派人马从秦岭南攻打我们陕西各路人马，其余大军直扑蜀川，我们将无法抵抗。应在地势险要的地方派军防守，严控各路要冲，待金国力疲惫时再攻打金国。"皇帝听从了他的意见，令吴璘和杨政两路兵马仍屯驻河池，保卫蜀川门户，由郭浩一路军队调守延安。

不久，四川制置使胡世将抵达河池，并上奏朝廷："庆桥是一桥相隔，若金人骑兵快速疾驰，用不了五天时间可抵达蜀川门户，而我军距蜀川门户路远，行动迟缓，遇到紧急情况就来不及救援。其次，关口和险要地方的防御工事也要加紧修缮加固，运送军马粮草的道路要尽快疏通。

现在正是我军存亡的关键时刻，我家族的安危固然不值得爱惜，从来也没有珍惜过，但对于国家安危又如何呢？"当时满朝官员因为宋金议和却忘记了战争，并谏言废弃仙人关。因胡世将上奏，仙人关才未被废弃，鱼关的粮仓仍存储粮食。吴璘仅调三小队人马开赴秦州驻守，大军仍驻守在阶、成等地山寨，并告诫各寨将领不得放松警惕。不久，胡世将被免除河池置宣抚司一职。

话说到了一一四〇年，金国毁约，出兵攻打南宋，高宗皇帝慌忙诏令吴璘调度各路军队。金朝的撒离喝领兵再次渡过黄河，占领了长安。原驻守陕西的几路军队迎战，被金人甩在身后，一时朝野震动，惊恐万分。当时只有吴璘随胡世将驻军河池，胡世将急召众将领商议，泾原统帅田晟与杨政也及时赶到。参谋官孙渥对胡世将说："河池不可坚守，应退守在仙人原。"吴璘听后气愤万分，当即严厉斥责说："这是懦夫的话，败坏士气，应当斩首。"吴璘请求率领百余人精锐铁骑阻击金军。

胡世将对吴璘鼓励了一番，并指着自己的帐篷说："我立誓死就死在这里吧。"于是派孙渥到泾原驻守，令田晟率三千人马迎战金兵。吴璘也调姚仲在石壁寨抵挡金兵，姚仲大败金兵。吴璘派人送信给金兵统帅，约定双方开战时间。可是，金鹘眼郎君用三千铁骑突然来冲击吴璘阵营，吴璘派李师颜率精锐骑兵击退了金兵。

转年，吴璘紧接着在剡家湾大败金统帅胡盏所部，并收复秦州和陇右诸郡。胡盏逼迫领兵退守到腊家城，吴璘紧接着领兵围攻。正当腊家城快攻破时，朝廷又下诏命令吴璘退军，胡世将只能叹息作罢了。

南宋朝廷为缓和宋金之战的局面，想将和尚原地区割给金国，以此代价进行宋金议和。南宋朝廷为表彰抗金英雄，授任吴璘为阶、成、岷、凤四州的经略使，并在汉中赐给吴璘五十顷良田。后又任命吴璘为安西路安抚使，治所设在兴州，兴州与阶、成、和、凤、文、龙七州全隶属安西路管辖。此时正值宋金议和之时，但吴璘的军队没有放松警惕，仍然坚持训练，随时准备迎战。朝廷认为吴璘把守边关有功，又授予他为少保。

可是好景不长，到一一六一年金朝完颜亮借口说宋背叛了宋金和约，向宋发动进攻。吴璘立即赶到胜金坪，调遣众将加强防守备战，不久因病回到兴州。兴州总领王之望急忙送信给朝廷说："吴璘多病，四川形势危急。请求朝廷调吴璘的侄儿金襄帅吴拱来守卫四川，以帮助调遣西路大军加强防务。"王之望给朝廷的五封信还未送到，吴璘重病就痊愈了。

吴璘见此形势，立刻到仙人关指挥军队备战，致使金兵终不能入四川。

南宋孝宗隆兴二年，金兵侵犯岷州，吴璘得知后率大军前往抗击，大军刚到祁山，金兵听说吴璘领军前来迎战，即派使者告诉吴璘："宋金已经议和。"这时朝廷的诏书已分别送到宋、金的前线军营，吴璘于是退兵。

乾道三年，吴璘去世，享年六十六岁，后被朝廷追赠为太师并封为信王。

咱们再来说说吴璘之子吴挺。吴挺字仲烈，因吴挺家族功劳大，被南宋朝廷补授任职。宋高宗向他询问西边兵防和地形事宜时，吴挺的回答使高宗十分满意，被提升为浙西都监兼御前祗侯。不久，派他管理兴利路事务，后改任利州东路前军兼西路统制总管。一一六〇年，吴挺收复了秦州，被提升为熙河经略安抚使。正值宋金大搞议和之时，南宋皇帝下诏解散西路大军，吴挺只好与其父从德顺回军驻守河池。

后来，吴挺入朝拜见皇帝，被任命为兴州、利州西路安抚使。在兵器修缮中，吴挺与父辈们一样本分守业，为节省经费，亲自管理工匠，计算开支。他治军严明，张弛有度，士兵因此不觉疲乏。淳熙四年，吴挺因病辞职，加封为太尉，卒年五十六岁，追赠少师，并封开府仪同三司。

吴璘生前常对孝宗皇帝说："我的几个儿子中，只有吴挺可以信任。"吴挺有五个儿子，吴曦是他的二儿子，官至太尉、昭信军节度使。

吴氏家族的第三代传人吴曦，历史记载和民间传说特别少，就连他的故里庄浪县以及吴氏古墓、陵园都对吴玠、吴璘、吴挺大书特书，只有吴曦未见记述，其原因很简单，是他叛南宋的缘故。

在南宋开禧二年，皇帝赠授吴曦为四川宣抚副使，兼任兴州知州。吴曦从小就对南宋朝廷疑心重重，而南宋朝廷本来就是对帅将武官有不信任的种种表现和事实的存在，这使他产生反叛之心。他派门客姚淮源去金军密约献出阶、成、和、凤四州，求金朝封其做蜀王。当韩侂胄北伐时，盼望吴曦来援，可是吴曦却在河池按兵不动。金兵便进攻西和，吴曦的部下王喜、鲁翼驻守在该地区，正当战斗十分紧急的时候，吴曦却下令退保黑谷，于是军队溃败后退，吴曦焚烧了河池城（徽县），退避在青野原。在金军攻陷大散关时，吴曦又退驻关外。

金朝遣吴端带着诏书、金印秘密交给了吴曦。第二天吴曦召集部下说明他的意图，众人听后大惊失色。王翼、杨骙之抵制说："如果这样的话，大人您祖上八十多年的忠孝家族，一下子就名声扫地了！"吴曦坚定地说："这个世道有何忠孝可言，我主意已定！"后来在南宋朝廷指示下，他被自己的部将安丙、杨巨源、李好义杀害。这就是宋朝世代抗金英雄吴氏家族第三代传人吴曦的下场。民间传说各有各的讲述，咱们暂且不提，请细听下节，吴曦究竟为何要叛宋投金？

三、张浚的独霸铸成危机四伏

正当金军长驱直入秦陇大地，南宋无得力将帅征战，此时抗战派官员——三十多岁的知枢密院事张浚向宋高宗请求负责西北抗金事务，并奏请另派大臣协助韩世忠防守淮东，调吕颐浩帮助自己，让刘光世扈驾来武昌，使淮东、武昌、川陕连成一线，挡住金兵攻势。

高宗正愁无计可施，便立即答应了张浚所奏，并任他为川陕宣抚处置使。

张浚，字德远，绵竹（今四川绵竹）人。登进士第，初为太常主簿。建炎初，因平苗傅、刘正彦叛乱有功，被擢为同知枢密院事，始参机务。张浚有抗金的热情和勇气，这一点与投降派不同，但由于少年得志，誉满气骄，疏于谋略，刚愎自用，因而在指挥宋金富平战役中犯了一系列严重的错误，集中反映了南宋军政、吏治的极端腐败。

张浚初到陕西时，金兵气势正旺，而南宋西北诸路将帅互不相通，彼此之间正闹摩擦。他却盲目地发动富平之战，企图以此牵制淮东的金兵。这件事遭到许多将领反对，前军统制王彦说："陕西兵将上下之情皆未相通，若少有不利，则五路俱失。不如屯兵于利、阆、兴、洋，以固根本，金人要犯境，则檄诸路将帅，互为应援以御敌。若不取胜，也未有大失也。"而张浚的幕僚听了，相视而笑，讥讽地说："率兵数万，先如此畏怯，何日可成大功！"

都统制曲端也反对他进兵，说道："兵法上说先分析彼己，必考虑我不可胜与敌之可胜今敌之可胜只洛索（娄室）孤军一事，然而他军作战的本领，战士之锐气，分合之熟练，和以前没有两样。我不可胜也只因合五路之兵一事，然将帅变动，兵将未尝相识，所以对待敌人也与以前没有什么不同。万一轻举，战势不如意，虽有智者，无以善其后。"他进而建议，"今当精练士卒，按兵据险，养兵蓄锐，等待战机。金军春不得耕，秋不得获，则必取粮于河东。我们是主，他们是客，不到一二年，必自困死，这时我们再一举灭矣。"张浚听了曲端的意见，恼火地责问："持不战之说岂可以当大将?"张浚大有立即将其罢职的架势。张浚听不得有益的意见，却轻信幕僚中"兵马一集，可一扫金人而净"的空话。所以，当他大举进兵的计划确定以后，就连三尺之童都知此举不可行，而部下却有口不敢言。

在金太宗吴乞买在位的第八年（天会八年），张浚调集永兴路经略使吴玠、环庆路经略使赵哲、泾原路经略使刘锜、秦凤路经略使孙渥、熙河路经略使刘锡的兵力，合计四十万大军、战马七万匹，以刘锡为都统制，摆开与金兵决战的架势。张浚亲自来到邠州（今彬县）督战，并准备直捣幽燕。当时，与他相对的金军主将是右副元帅讹里朵，其副手有刚从东南赶来的金兀术（宗弼）、娄室等人，他们都是一些久经沙场的精英将帅们，也是当时金朝有名的军事家、政治家。

大战开始前，南宋军刚进富平，金兵屯于下邽（今渭南县北），相距八十里，娄室的部队尚在绥德（今绥德县），还没有与主力会合。宋朝的众将想趁此机会发动攻势，一举消灭娄室的队伍，而被张浚固执地拒绝了。张浚的理由是要选择草肥马壮的季节和便于骑兵驰骋的地带与金兵决战，这样就已使他处于不利的地位。而在设营、布阵选择战机等方面，张浚又犯了许多军事方面的错误。因而，娄室以轻蔑的态度对待他，认为南宋虽然兵多将广，但营垒不固，千疮百孔，极易破尔。张浚屡次向金军请战，金人口头答应，届时又不出兵。张浚以为敌人胆怯，更坚信一击必破虏矣。

这时，宋朝运送军需的人太多，络绎不绝，到达营地后，各州县的百姓就围绕军营结集成小寨，用车马当作围墙，寨寨相连地住了下来，这样就堵塞了军队进退的道路。有人建议把队伍移到高地上去，张浚却不采纳。张浚的亲信将官还附和地说："我师数倍于敌，又前阻苇泽，敌有骑不得使，何用他徙!"

正当张浚与附和者盲目轻敌、自鸣得意的时候，金军完颜娄室只派出三千精兵，用土袋填平沼泽，然后直冲乡民小寨。百姓一时受惊，不辨是宋军还是金军，一起奔入军营，宋营不明真相，顿时乱作一团，金人趁机跟着杀过来。南宋军仓促应战，虽然一度不分上下，甚至连金兀术也被刘锜的军队重重包围在中间，据传金将韩常也被流矢射中眼睛，但南宋军的弱点毕竟太多了。他们人马新集，帅将各怀心腹事。当金兵进攻环庆军时，其他各路军不去救援，这时适逢赵哲擅离部队，将士望见他尘土飞扬离去，误以为败退，大队人马慌忙逃跑。在环庆军的带动下，其他诸军也一起逃奔，乃至全军溃败。金军以少胜多，转败为胜，宋军的辎重全部被金军夺走，所获珍宝钱帛如山岳，不可计数。"娄室大王传语张老，谢得送到粮草。斗秤不留一件，怎生见得多少？"这首诗，深刻地讽刺了南宋军的腐败无能。

张浚酿成了南宋西北五路的危机，他气急败坏，在战斗处置上不讲策略，轻率地杀死赵哲和曲端，又直接导致了西北五路的沦陷。赵哲作为一路统帅，临阵先逃，引起全军惊骇，本来是有责任的，对于他的处分，应当注意稳定军心，采取妥善的措施，可是张浚并没有这样做，他仓促地召集诸将，斩赵哲于堠下，结果造成众语喧哗，舆论不服。张浚在极怒之下遣散诸路军队，语一出口，诸路之兵已行，顷刻之间兵已撤尽，可见将士们的不满情绪有多大。赵哲被杀后，在张浚幕僚刘子羽的指使下，孙恂又杀死统领官张忠、乔泽。统制慕容洧等不服，孙恂恫吓说："尔等头亦未牢。"慕容洧怕被杀害，便发动兵变，反攻环州。张浚遣统制李彦淇援救环州，又命经略使刘琦追击慕容洧。刘琦临行时，留部将张中彦、赵彬守渭州（今平凉）。不久张中彦、赵彬投降了金军。

在军事越来越棘手的情况下，张浚又在王庶等的挑唆下，掺杂个人私愤，将抗金屡立战功并在陕西军民中享有威望的曲端处死于恭州（今重庆）。后来，在金军的强大攻势下，张浚无力抵抗，节节败退。从此，陕西、关陇大地的五路地域全落在金朝的统治之下。

富平之战，南宋丧师三十万，失地六十州。秦陇地域几乎丢光了，西蜀也在极其危险时刻。只要南宋方面善于总结失败的教训，在本乡土地作战，依靠民众，加强团结，集中各种优势，完全能够在防御战中反败为胜，击败金人的进攻。但南宋能承担这一重任的将帅却寥寥无几，只有陇籍战将吴玠和吴璘兄弟了。

四、吴曦投金，震惊秦陇

人们常说，历史的发展是无情的，而又是真实的。前面已经说了，吴曦是宋朝三代忠臣吴氏之后人。吴曦叛宋投金的事件是发生在金章宗完颜璟在位时的泰和六年，在秦陇大地，如晴天一声霹雳，一瞬间忠臣之后吴曦叛宋投金了，后被金朝封为"蜀王"。在秦陇大地，兴州地区惊天动地，骇人听闻，不可思议，给吴氏三代英雄世家蒙受了莫大的耻辱，而历史波澜壮阔的发展演变，又给世人增添了丰厚的故事色彩。

冰冻三尺非一日之寒。历史的演变，从量变到质变，诸多史料不愿记载，然而民间传说，此事件发生有其前因后果。

说书先生慢慢讲述。当金章宗听说宋朝名将，韩侂胄忌惮吴曦厉害的名声时，便语重心长地给吴曦写了一份诏书，书中写道："宋朝自徽宗、钦宗被俘以后，高宗就逃窜到了江南，你们祖父武安公吴玠守卫两川，直到武顺王吴璘，都是代代有功之人，本应作为宋朝的大元帅，以西部疆土来分封，世袭中国半壁河山。然而，名声要震撼君王的身家性命，就有了危险，功劳压过一切的人不被赏赐，自古就是这样，并不是现在才如此。您家单独治理四川，已有多年了。嫉妒、猜恨已经很明显了，知道您进退两难，奖惩不接受，征招不前往，君臣情义，已和陌生人一样。就好像桐树的破叶子，不能再合在一起了。也像骑在老虎背上的情势一样，不能下来。这事千百年流传着，我听得熟了。每想到这些，就为您叹息，而您却安然无知。再说您被人赞扬的功劳，和岳飞的威名相比怎么样？"诏书又写道，"我已分头命令勇猛的大将到达江边上征讨，飞渡长江的时间不会多久了，这正是英雄豪杰建功的时刻，您一定能认清形势，看清事理。如按兵不动，静守境内，两不相帮，使我军直捣临安，而没有西边的顾虑，那么全蜀的地方就归您了，我将下文册封您。如一切按照我朝的策划，进而能顺着江流东下出兵攻宋，助我成掎角之势，那么您军队所到之地，将全部送给您，我绝不说空话。"

那么，当时金章宗虽然写信这样说了，可这只是金朝一厢情愿，那吴曦是秦陇抗金名将吴璘的孙子，宋朝三代忠臣，名声显赫，他稳坐天府之国，陕川要隘，兴州抚使之要职，他意志坚韧，谁能奈何得他。在金章宗泰和年间，宋金争夺战愈演愈烈，就在这关键时刻，吴曦向金朝投诚了。吴曦叛宋投金后，南宋便派安丙、杨巨源等人杀了吴曦，将他碎尸万段，妻子儿女全族几百人口全都被斩首。就连吴玠之后也受到极大伤害。

民间普遍传说，吴曦的举措归于金朝的"诱惑""收罗"所致。据完颜氏族的老人讲，历来两军交战，互为瓦解，在所难免，是合情合理的事，是司空见惯的伎俩。吴曦投金，有其更深的历史根源。向前追溯他的前几代人，吴氏三代为宋朝曾立下汗马功劳，陇籍人妇孺皆知。吴氏早就认为这殊荣多为空中楼阁，如虚无的摆设。吴家是六盘山傍水洛城人，他们欲在朝廷协助下达到收复故土、为国尽忠、守护祖籍。尽忠报国，也不能放弃祖宗恩情，这是吴氏三代人朝思暮想的夙愿，也是人之常情，没家哪有国。可是南宋朝廷只顾抗金军南移，怕金军进入四川从长江而下，从未真心考虑过吴氏家族的请求。从物质财富上也未曾赐予，不如其他军队供给充足。吴氏军中常常不是少粮，就是短草，兵丁大多处在饥寒交迫中战斗。他们节衣缩食，坚持抗金战斗。据说，自力更生筹备军需乃是吴氏祖传家训。直到吴璘长期征战，积劳成疾而死，吴玠孤军难撑，加之金军步步紧逼，将他们逼向陇南山高峻岭、交通闭塞的微县、成县。他们到了天高皇帝远、有苦难言的境界，后来仅留下孤零零的吴王墓坐落在微县附近的一座高山荒野之上（现在已成为当地开发的一个旅游景点）。

何况那吴曦正年轻，血气方刚，他必然与其祖辈们的处境不同，相比之下有相悖的观念。所以，他的反叛不单是金朝以"蜀王"利诱他。吴曦惨死后，金朝也并非风平浪静，朝廷委派亲自办理此事的完颜纲受到严厉指责，朝廷向秦陇各州下诏通报批评他未能按原计划将吴曦妥善迁至仙人关以内，他有麻痹失职的过错，随后完颜纲也落得被他人陷害而死的下场。

金章宗还下诏书，让秦陇将帅引以为戒，并封吴曦为太师，将吴端之子给予吴曦嗣后，派德州刺史完颜思忠前往水洛城为吴曦举行了声势浩大、规格空前的皇家招魂入葬仪式，举办水陆道场，请来几十班阴阳道师，轮班打悼醮、皇醮，诵经超度。"叶落归根""人死魂归"的习俗，也圆了吴家三代人生前的夙愿。据说，将吴氏家族迁移泾川定居，现在的吴家水泉、吴家塬、吴家沟、兰头吴家等吴氏村庄都是从那时繁衍起来的。

水洛城举办吴曦亡灵声势浩大的招魂超度宗教活动之后，在秦陇地区，这种宗教活动一时如雨后春笋般盛行了起来，完颜村民"叫冤会"活动也在王村镇几十个村盛行几百年之久。

五、争皇位骨肉仇杀的故事

爷爷经常给我们讲金朝和完颜氏的历史，很多都是涉及完颜希尹、完颜宗弼、完颜宗干等人物的故事，他们都不愧为建立金朝廷的元老功臣。他们的关系既亲密而又存在着阴谋和算计，这便是为皇权演绎了一幕幕亲人之间发生的恩恩怨怨的明杀暗弑，血腥争斗。

（1）完颜希尹与完颜宗弼

　　要想知道海陵王完颜亮，弑熙宗完颜亶登上金朝第四代帝王宝殿之前的前因后果，首先得知道完颜希尹这个人。完颜希尹是金代功名显赫、不可轻视的人物。完颜希尹是阿骨打反辽建金国登上政治舞台的主力将帅，多年辅佐金太祖阿骨打和第二任皇帝金太宗吴乞买立下了赫赫战功。希尹作为金元帅右监军与宗干（海陵王父亲）一道深入黄淮地区征战伐宋，两人长期相互信任，彼此配合默契，因此两个人情感颇深。海陵王完颜亮虽为庶人所生，但从小就在希尹眼帘下长大成才，他和希尹关系密切。

　　在金代，希尹不仅是战功卓著的军事家，而且是一位改革派的政治家，还是一位博学多才、远见卓识的学者。难怪在完颜村敬奉的"三圣宫"庙里，老人们说其中之一就是完颜希尹，称其为圣人贤达，使后人崇敬供奉。据老人们传说，完颜希尹特别喜欢文墨，征伐时所获宋、辽的儒士，必以礼待之，重视人才，当金人攻下宋都汴京时，诸将帅多争相掠夺金银财宝，而希尹却唯独率宗弼等人先收宋图籍、保护寺院，他对北宋押解流放冷山的使臣洪皓十分尊重，常与之相处，谈古论今，并让他教授自己的儿子，希尹还创造了本民族女真文字，对女真人和金朝社会文化发展起到了积极的作用。

　　随着新制度的推行，金朝内部也展开了以宗磐、宗隽为首的保守派和以希尹、宗翰、宗弼为首的改革派间的激烈斗争。太师尚书令宗磐违反诏意，曾擅自将在战场上缴获的牲畜犒赏给征士，又对金太宗吴乞买死后立熙宗完颜亶为皇帝心怀不满而被罢官。宗磐怀疑是希尹的上奏，便对希尹怀恨在心，就与东京留守宗隽相勾结，诬陷希尹。熙宗皇帝轻信他人谗言，而将希尹贬职，宗隽一时得逞，顶替希尹丞相之位。一年之后真相大白于天下，希尹官复原职，熙宗便将宗磐、宗隽处死。

　　我们都知道树欲静而风不止，而改革派一旦得势之后，其内部必然又要发生争权夺位的斗争，这场斗争的表现形式更为激烈、凶猛、隐蔽。这场争战主要在太保领行台尚书和都元帅宗弼（金兀术）与尚书左丞相兼侍中、许国公希尹之间展开。希尹是开国元老、忠臣，文武双全，又深得熙宗皇帝的器重。宗弼原是他的部下，后升为元帅。宗弼在南征时遇到了宋朝名将岳飞和韩世忠的英勇抵抗，曾吃过败仗，希尹有时候不免对他也有些蔑视的话语和举动。宗弼从此认为希尹对自己的前程发展构成了极大威胁，暗中趁机向金熙宗完颜亶进谗言，说希尹有卖国篡权的野心。而熙宗又一贯好偏听偏信，一时勃然大怒，遂于天眷三年下诏以"帅臣密奏，奸状已萌，心中无君，言宣无道，逮燕居而私议……"的罪名赐死了完颜希尹，一并杀了右丞相肖庆和希尹的两个儿子。

希尹之死，纯属一大冤案，不久虽然得以平反昭雪，恢复名誉，赠希尹仪同三司、邢国公，改葬称为"完颜公神道墓"。这一冤案便给海陵王完颜亮年轻的心灵深处埋藏下深深的复仇的种子，这种子总归要在哪一年哪一日发芽的。

完颜宗弼虽然与完颜希尹、完颜宗干以朝廷为重曾发生过矛盾，但绝不影响他"金朝忠烈王"的称号。他执政时提倡不分夷汉，知人善用。他和其父阿骨打一样，深知单靠女真人自己是干不成大事业的，故在夺取中原的过程中，能够有效地调动各族人士的积极性。在他属辖的军队和军政机构中，汉人和契丹人无疑占据了多数。至于部将中则既有本族女真人也有外族人。在渡江北归被困的紧急关头，宗弼采纳了当地南宋一个姓黄的秀才的建议，"于芦场地开渠二十余里，上接江口，在世忠之上。遂傍治城西南隅凿渠一夜渠成"；又"揭榜募人，献所破海舟之策。有教其于舟中载土，以平板铺之，穴船板以擢桨，俟风息则出江，有风则勿出，海舟无风不可动也，以火箭射其蒻蓬，则不攻自破矣。一夜造箭成，是日引舟出江，其疾如飞。天霁无风，海舟皆不动，以火箭射海舟蒻蓬，世忠军焚溺而死者不可胜数"。

由此可见，在当时当地向他提供建议者只能是南宋方面的人士，而宗弼竟敢于极其危险的紧急关头，采纳了他们的意见，并由此走出了困境。如果平时不能对夷汉一视同仁，是绝不会做出这样的选择的。在当时国内民族矛盾极其错综复杂的形势下，完颜宗弼能采取这样的举措，实在是难能可贵的。

金熙宗完颜亶在治理国家方略上确实存在诸多的劣迹，且沉迷于享乐，花天酒地，毫无雄心大志，就连完颜宗弼也对熙宗有不同的看法，只是未能采取果断的措施。海陵王完颜亮在一批革新派们的协助下，抢先一步完成了弑熙宗而自立皇位，对此举措史书众说纷纭，各执己见，暂且不复记述。

（2）完颜亨、完颜伟

咱们说完了完颜宗弼，再来说说他的长子宗颜亨。完颜亨虽然随父征战多年，屡建战功，名声显赫，但他不及其父人人皆知。他自幼随父南征北战，勇猛过人，战绩超人，所以金熙宗时被封为芮王。可是他只会带兵打仗,官场上的事和人与人之间关系方面的事情他不懂,更不懂君臣之道。皇统九年,海陵王完颜亮弑熙宗后称帝,大杀熙宗的重臣,培植自己的亲信。而完颜亨曾与海陵王同在其父宗弼帐前奉职,他们之间为兄弟加战友的关系,海陵王深知完颜亨才勇过人,有一定的影响力,因此对他采取既拉拢又提防的办法。

完颜亨因性耿直,喜自负,难以识破这些微妙的君臣关系,特别是政治突变后权力之争的险恶,如海陵王赐给完颜亨良弓,这显然是在拉拢他,而他应以臣礼感恩受赐,可他不但没这样做,还直冲冲地推辞说:"所赐弓,弱不可用。"这使得当了皇帝的完颜亮下不了台。还有一次他与海陵王击鞠时竟忘乎所以,大显威武,使海陵王当众出丑。在一次出猎中遇一群野猪,海陵王屡射不中,而亨执铁链远击猪腹中。由此可见,完颜亨不懂得为臣之道,不知道维护皇帝的尊严,更不会拍马奉承,他以为自家兄弟没什么了不起的。可是对海陵王来说,完颜亨的权势越来越膨胀,他无疑是自己大展宏图的一大阻碍,因而完颜亨(芮王)被杀害,祸起有因有缘。

当年金熙宗完颜亶以太祖嫡孙嗣位后,海陵王认为其父宗干为太祖长子,他作为长孙未能嗣位而愤愤不平,现虽以弑熙宗登上皇位,心中还是很不踏实,加之完颜亨才勇超众以及其父的威望等原因很自然地对他构成了威胁,难为己用,心有余悸,便借故将完颜亨调任真定尹(现河北正定),离他越远越好。后来,其家奴告发完颜亨与卫士谋反,虽查无证据但增加了海陵王的疑心,便调完颜亨任广宁尹,并派亲信李老僧暗中收罗、编造罪状并杀掉完颜亨。正隆六年,又杀亨妃徒单氏,次妃大氏及子羊蹄三人。同年海陵王也被杀,金世宗即位后,大定初年追复亨官爵,晋封为韩王,大定十七年改葬完颜亨及其妻子。

爷爷说,回顾历史,为争夺皇位,骨肉相残这是根深蒂固的痼疾,是任何宫廷里都司空见惯的伎俩。白花公主出家就是欲以宗教感化族人,要以德服人,不要为争权力骨肉相残。历史就这样如出一辙,悄然地延续,重复地演绎着。

宗弼的次子完颜伟同样是史册中名声显赫的忠臣良将,他曾两次死谏皇帝要居安思危,勿忘建国之艰难。据说在金大定十七年四月三日,金世宗完颜雍与太子、诸王在东苑赏牡丹,晋王允酉赋诗以陈,和者十五人。宗弼的次子完颜伟深知其意,直前顿首曰:"国家起自漠北,君臣将帅皆以勇力,战争雄略,故能灭辽、灭宋,统一南北,诸番惧。自近年多用辽、宋亡国之遗臣，以富贵文字坏我土俗。先臣（指父宗弼）昔在顺昌为刘琦所败，便叹用兵不如天会（太宗年号）之时，皆是国家上下贪向安恬，渐为人侮。今皇帝既一向不说著兵，使说文字人朝夕在侧，遗宋所传之主，于是有志报复，今蒙古不受调役，夏人亦复侵边，陛下舍战斗之士，谓其不足与语，不知三边有急，诗人去当得住否？"金世宗听后默然。

还有一次在金章宗时，金世宗孙子渊公受到皇帝、太后、皇后的宠爱，当西夏入侵时不听命令，年已六十岁的完颜伟上疏谏，在都堂慷慨谓右谏议郑遂良等曰："太祖、太宗皇帝与忠献、忠烈王百战以有天下，忠烈王临终，以夏人、蒙古人为忧，遗奏极切。今乃内外偷安，恶闻敌患，独不闻耶律、赵氏将亡时乎？"金世宗孙渊公闻而恶之，讽东台御史刻其短，除名为民徙居代州。由此可见，完颜伟与他父亲一样，不愧为忠烈王之次子。完颜伟被贬后，他费尽周折逃回东北，据说在吉林省某地安了家。

六、宋金之争实为兄弟阋墙

讲到这里，完颜氏的晚辈们要问起宋金之争到底是怎么一回事？不要着急，听完颜氏老人娓娓道来。

（1）请金驱虎，收复燕云

咱们先说说大宋朝初期的情况。宋朝建国后，曾经有过三次伐辽北进，企图收回燕云十六州，其中宋太宗赵光义亲自挂帅出征过两次，但都遭到了惨败。我们熟悉的"杨门女将"的故事，都发生在宋辽争夺燕云十六州的燕门关的战争。尽忠保宋朝的杨家三代英雄，耗时近百年，打到最后只剩下孤儿寡妇，气节可敬，英勇可嘉，气壮山河，家喻户晓，最终还是没有收回。宋真宗时期，倒也打过几次胜仗，但是到最后还是与辽朝签订一个条约，这就是历史上著名的"澶渊之盟"。这个盟约规定宋朝每年要向辽送银十万两、绢二十万匹。到宋徽宗时的一百多年间，宋、辽没有发生过大的战事，但宋让辽占着领土，还要向辽进贡，这事让国人愤愤不平，皇帝也无能为力，这就是燕云十六州之争的由来。

说到这里，还有人要问那么燕云十六州是怎样归属辽国的呢？北宋王朝的建立为我国文明历史长河增添了丰富多彩的一笔，后期宦臣专制、从排挤忠君良将到腐败没落有目共睹。但宋朝收复被契丹所占的燕云十六州，保卫领土完整、统一的国策未变。那时，金朝以推翻辽朝为宗旨，对西夏和高丽也采取绥靖政策，基本保持和平局面，当然对北宋也采取和好的姿态。

必须要说说"澶渊之盟"的来历。早在一千多年前，燕云十六州就在五代时期划割给了辽国。在后唐清泰三年，河东节度使石敬瑭造反，后唐末帝李从珂被围于晋阳，便向辽国求援。结果，辽出兵救出了石敬瑭，并册立石敬瑭为大晋皇帝，也称为后晋。石敬瑭为报恩，他不仅认了辽太宗耶律德光为干爹（当时石敬瑭已四十七岁，而辽太宗才三十七岁），还将幽（北京）、蓟（河北蓟州区）、瀛（河北河间）、莫（河北任丘）、涿（涿州）、檀（密云）、顺（顺义）、新（涿鹿）、妫（怀来）、儒（延庆）、武（宣化）、云（大同）、应（山西应县）、寰（山西朔县东北）、朔（山西朔县）、蔚（河北蔚县）共十六个州无条件地割让给辽国所有。广泛流行的《花木兰替父从军》等小说、戏曲就是反映那个时代的。人们将这个盟约戏称为请虎驱狼，因此我说宋金之争是兄弟阋墙。

那么，为什么宋朝又与金订立"海上之盟"呢？在金朝建国之前，有个叫童贯的宋朝太师，他作为宋朝的使臣前往辽国的中京（今内蒙古宁城），去为辽国第九位皇帝天祚帝耶律延禧祝寿。这天，童贯刚到宋辽交界的地方（现北京西南的卢沟桥一带），晚上，忽然一个叫马植的人悄悄要求面见童贯。

这个马植是个入了辽籍的北宋人，老家在燕京（北京）。他当时任辽朝的中级一般官员，虽然人在辽做官，却希望故乡燕京能回到宋朝的怀抱（当时燕京为辽的南京）。在这次会见中，马植向童贯提出了一个收复燕云十六州的秘密计划。

这类似战国时期一些军事家使用过的远交近攻的策略。马植对童贯说："在辽国的东北方有个女真部落，人人骁勇善战，武艺高强，渔牧业发达，兵器精良。他们对辽朝的欺压切齿痛恨，随时可兴兵反辽。一旦他们起事，辽朝绝不是女真人的对手。我们如果以买马的名义，派人从登州（今蓬莱）渡海，通过辽东到达女真之地，与他们结盟，对辽进行南北夹攻，燕云十六州不愁收不回来。"

童贯一听言之有理，便领马植觐见宋朝皇帝。宋徽宗听了马植的陈述后很兴奋，他心想，我大宋建立一百多年，始终没收回燕云十六州，我在位时若能收回来，该多光彩呀！徽宗马上同意了马植的计划。徽宗为了表示对马植的赏识，特赐给他一个皇家赵姓，并赐名赵良嗣。不久，果然女真首领阿骨打举兵反辽，建立了金朝。徽宗见时机已到，便任命赵良嗣为与金朝谈判结盟的全权大使。

宋朝廷马上派赵良嗣渡海与金朝谈判，阿骨打同意了这个方案，派使节跟随赵良嗣从海上原路返回宋朝，商量联合攻辽。经几个月商讨，方案敲定。宋朝派登州使者马政父子二人渡海至金，欲与金朝正式签订盟约。没想到宋使带来的是宋朝皇帝的诏书，而不是国书。金朝阿骨打不能接受，马政返回，重新取回国书，金、宋两国签订了夹攻灭辽的密约，内容如下：

①金、宋夹攻契丹。金军负责攻取辽中京（今天的内蒙古宁城），然后南下，穿过辽上京与河北围场之间的数百里浩瀚松树森林，直指古北口（长城的一个关隘，在今北京密云境内）。宋军负责攻取辽南京（即燕京，今北京），然后北上，在古北口与金军会师。两国谁也不能越过长城。

②战后（如果胜利），金原则上同意宋收回燕云十六州。

③宋朝作为酬谢的代价，必须将以前每年贡给辽朝的岁币和绢按原数转还金朝。

④双方不许招降纳叛。

⑤双方共同守约，若不如约，则难依已许之约，必另行签约。

密约签订后，阿骨打率领金军很快攻下了辽中京。不久宗翰（粘罕）也攻下了西京云中（今大同）。这段时间金军等待宋朝出兵会师古北口的消息。

金朝等待宋朝出兵会师的消息等了好长时间不见宋兵来，以为宋朝变卦了。谁料这时宋朝因平息方腊叛乱耽误了夹攻的时间，只好把夹攻的时间往后拖。这时候，北方的形势又发生了一些变化。趁金兵集中精力追捕辽天祚帝的之时，辽朝皇帝的叔叔耶律淳在燕京自立为皇帝。宋徽宗以为这是一个大好时机，为了摆脱今后每年给金朝的那些岁贡，心想要暗暗甩开金朝单独来行动。就命令刚从平叛方腊战场上回来的童贯带领二十万大军攻打燕京。

到了燕京城下，宋朝兵先是驻扎按兵不动，想通过武力威胁逼迫驻燕辽军投降。但是这一招没有灵验，辽在燕京的兵马不为所动，宋将不得已，只好攻打燕京城。打了一阵子，谁料却打了个大败仗，只好班师南归。

童贯怕因此获罪，就把战败的消息偷偷压下不报，然后却秘密派人到金军那里游说，说燕京他们打不下来了，还是你们去打吧。金国得到宋军在燕京战败的消息，也非常吃惊。他们过去也听说宋军无能，却没想到竟然无能到这个地步，这样更坚定了金军攻燕京的决心。这时金朝阿骨打已明知宋不能如约，就放弃了古北口，从居庸关越长城直逼燕京城下。这时辽朝的耶律淳已死，由其妻萧太后主政。萧太后这时又向阿骨打请和称藩，阿骨打因与宋有约在先，拒绝了萧太后的请和。萧太后趁夜出逃，守城的军队投降交城，金军未用一枪一箭便拿下了燕京城。

这时候就该到了战后兑现和约并分配胜利果实了。事情很明显，这些原辽占的地盘基本上全是金兵攻下的。双方怎么分配呢？

天辅七年正月，宋朝派赵良嗣来金，索取燕京及平、滦、营等州（今秦皇岛、唐山一带）。赵良嗣还带来了一张宋徽宗手谕的条子，上面只说了收复燕京一带旧汉地汉州，没有说西京。可怜的宋朝并不十分了解辽朝的政治建制，平、滦、营属于辽平州路，西京属于辽西京路，与燕京根本不是一个路。金朝当然不能轻易答应宋朝的要求，金朝都统宗翰（粘罕）说："宋朝违约了，你没有出兵与我们夹攻西京。按和约规定，燕京本应由宋朝攻取，但是我们到了燕京城下，却没见你宋朝的一兵一卒。"赵良嗣说："金朝要什么条件，就按你们的意思办吧。"

宋朝在这场战争中只得到了太行山以东的七座空城，却付出那么多岁币、绢粮，还失去了那么多人口。此外，还得千里运粮接济金朝进驻的军队，救济未走的贫苦百姓。金兵不仅得到了西京和平州等州县，还得到了绢、岁币、人口，连部队的粮饷宋朝都给发。更重要的是深入了解到宋朝的实力和通往宋朝的山川险隘。尽管这样，宋朝毕竟将部分丧失了一百八十八年的领土收回了，总算是个胜利。宋徽宗赵佶被奉为收复失地的明主，童贯也成了大英雄，加官晋爵，举国上下欢庆这来之不易的胜利。于是，金朝拟定和约，和约内容为：

①金同意把太行山以东的七个州（燕、蓟、檀、顺、景、涿、易）交还于宋（其中两个州是投降的）。

②宋每年向金进贡银二十万两、绢二十九万匹，另输燕京代税钱一百万缗（燕京城是我金朝攻下的，总得给点兵马钱吧，这样就从每年燕京的税收里扣）。

③宋金互遣使贺对方皇帝生辰和正旦。

④置榷场（边贸市场）进行交易。

⑤平、滦、营三州因不是五代时契丹受贿之地，故不存在交割问题，仍由金占领。西京（金占）暂不还，另议。

这五条把赵良嗣听得目瞪口呆，闹了半天宋朝连一半州县也没得到，这与当初的想法差距可太大了！这么大的事可不敢擅自做主，赶紧飞报徽宗。徽宗急于为取得这场胜利，也顾不得什么代价，基本答应了金朝的条件。

当时，宗翰因宋朝违约，想不交涿、易二州，有的大臣甚至建议连燕京也不给宋朝。阿骨打说："我已与大宋签订盟约，怎可失言！等我死后，你们再改吧。"终于如约交割。

关于西京的交涉，宋朝请求增加岁币给金，以此为条件收回西京。完颜希尹主张只将西京土地给宋，把人口带回金源，金太祖不同意，主张土地和人都给宋朝，让宋朝付出点军费补偿就行了。但是几个月后金太祖完颜阿骨打病死，这项协议也就没有实施。

对金来说等于一次战前演练。请神容易，送神难。金朝女真攻打下的燕云十六州，理所当然要占领，理直气壮地安居于以自己血汗打下的地盘，当然不存在侵略与反侵略之说。

（2）让金驻北，拒挡蒙、夏

那么《绍兴和议》又是怎么来的？一一二七年，完颜宗弼等人率领金兵攻入开封，俘虏了宋徽宗赵佶和钦宗赵桓，灭北宋。同年，康王赵构费尽心机和周折在南京（今河南商丘）建立了南宋政权。从此，金朝便占据了东北和中原的半壁江山，南宋与金朝之间互不相让，彼此发生过无数次厮杀。

说到这儿，咱们得说说金朝的关键人物，那就是完颜宗弼。完颜宗弼，就是驰名金国、威慑江南的金兀术，金太祖完颜阿骨打十六个儿子中的第四子，时称四太子。他少年时就随父兄奔驰沙场，在追捕辽帝的一次战斗中，他把箭射光了，自己的主兵器大斧也裂了柄，不能用了。这时，宗弼空手从辽的士兵手里夺枪，独杀八人，后又生擒五人。渡黄河时，带兵奋勇杀宋军，焚桥，史书评其"少年勇锐，冠绝古今"。随金朝东路军宗望（宗弼二哥）攻汴京时，先攻打岳飞家乡汤阴，宗弼冲锋在前，宋兵骇然而溃，金军轻取汤阴，降宋兵三千。接着，金兵云集汴京城下。宋徽宗传位给钦宗，自己仓皇出逃。宗弼精选百骑尾追南逃徽宗而不及，获徽宗丢弃的战马三千匹而归。接着，金军又攻破开封，俘获徽、钦二帝，押二帝父子和皇亲贵戚、王公大臣三千多人北归。

金太宗时，宗弼为元帅，率师南下，在十个月之内便占领了河北、山西的大片土地。东路军挞懒打到济南，使刘豫以济南城降金，整个山东也没遇到更大的阻碍。但是，中路军宗翰在攻打汴京（今开封）时，却受到宋朝主战派老将宗泽的顽强抵抗。这时，本在归德（今河南商丘）的宋高宗，果断地否决了主战派李纲、宗泽返回汴京坐镇的请求，决意出走东南。气得老将宗泽连呼三声："渡河！渡河！渡河！"口吐鲜血而死。

宗弼指挥战斗一鼓作气，乘胜追击，在胜阳击败宋兵，随后攻克曹州、泗州、济州，缴获船只千余艘。宗弼又在海州（今连云港市南）打败宋军，在梁山泊击破战船万余艘，招降了东平、泰山等地抗金势力，缴获船只七百余艘。接着，渡过长江的宗弼军打败了宋朝副元帅杜充率六万步骑的阻击，占领建康（今南京）。然后，宗弼率大军马不停蹄继续追击宋高宗赵构，攻取宋广德军路湖州（今浙江吴兴），派将领去钱塘江边准备好船只，攻击杭州。

宋高宗就在宗弼军欲攻建康时，带着文武百官逃往越州（今浙江绍兴）。宗弼就尾追不舍，下安吉（今浙江安吉）过天险独松岭，取杭州。于是宗弼坐镇杭州，命金将阿里布、蒲卢浑率精骑四千追袭，赵构仓皇又逃至明州。金兵飞渡曹娥江，大败宋将张浚大军，攻克明州。宋高宗率其官僚乘大船二十余只由定海入海逃亡。赵构被吓得长时间不敢登陆，直到年末才登陆逃到温州。

在天会八年春，宗弼宣布搜山检海已毕，遂引兵北撤。北撤后不久宗弼转战陕西、甘肃，行至洛水，与宋将张浚相遇，发生了著名的秦陇富平之战。宗弼大败四十万宋军，占据富平，并先后招抚陕西四十多个州县（包括甘肃省陇东部分地区）。转年的春天，泾源（今甘肃泾川县北）、熙河（今甘肃临洮县）两路皆平，宗弼因平定陕西而成为秦陇方面的最高统帅。我们的家乡就成了完颜宗弼的大本营。

金熙宗天眷二年，在宗磐、挞懒主持下，金、宋订立和约，议定将河南、陕西两地归宋。对此，宗弼上奏金熙宗说："挞懒、宗磐因与宋勾结，二人从中收得好处，遂以河南、陕西两地予宋，应严厉制裁。"熙宗赞同。宗磐、挞懒被诛，从此宗弼成为太保，领行台尚书省，为都元帅，总揽一切军旅钱粮大权。至此金朝撕毁金、宋和约再次伐宋。宗弼在几次战役中却接连遭受挫败，这使他审时度势，顺应形势。不得不立即和南宋再次开展和议。最终，金、宋划淮而治，形成了南北对峙的局面。在金国内政中，完颜宗弼是坚决支持熙宗的改革派。正因为他前期助熙宗做出这些功绩，由此给他的后人埋下了被海陵王杀害的祸根。

宗弼的戎马生涯，在天眷三年收复河南、陕西时，达到了极盛，宗弼从渡江追击宋高宗开始，就给宋人留下了一个残暴好战的印象。尤其是一部《说岳全传》将宗弼描绘成青面獠牙的红须龙形象。他在江南停留半年之久，攻打城镇，和韩世忠大战于黄天荡，当时已经是宋人的大敌。后来和岳飞交战，与南宋朝订立了划淮而治的《绍兴和议》，宗弼便成为小说戏剧中人人厌恶的侵略者。

岳飞忠勇可嘉，爱国心可鉴。岳飞的部队军纪严明，训练有素。他曾上书反对高宗南迁，屡次建议北伐。宗弼渡江南下，他参与抵抗。宗弼北撤，只有他敢于攻击金军。岳飞文武全才，不仅精通兵法，诗词书法也很大气。连一向目中无人的宗弼，也独服岳飞，曾感叹"撼山易，撼岳家军难"。这么一个忠勇无双的人，为什么会死在自己尊敬的皇帝之手呢？这不是自毁长城吗？

人们都说，岳飞的军队声誉太大了，百姓都号称"岳家大军"，那么皇帝就有所猜忌："在我大宋，这样大的军队不是我皇帝的吗？怎么姓岳了？你这么大的号召力，一旦枪头对准我皇帝，我可怎么办？"再说岳飞喊出的口号也太刺人了，"还我河山，迎回二帝"，前句尚可，后句就有问题了。赵构会暗暗想，"你真迎回二帝，我干什么去？"

现在我们才明白，金朝当初把徽钦二帝要押往北国让他"坐井观天"是有其道理的。这样做，待必要时让两个废帝复出当皇帝，看你南宋怎么办？金朝又利用了秦桧做内应，从宗弼给赵构的信可以看出，他是想借赵构之手除掉自己的主要敌手，这是古今中外两军交锋的必然之举，在谋略上实在胜出一筹。结果，赵构不仅杀了岳飞，还下诏与金军作战的将士全部班师回朝，不许随意出兵。这样，金朝所失之地又轻易回来了。

宗弼在秦陇与陇籍抗金英雄吴玠、吴璘兄弟争夺几十年，最终还是逼迫吴氏兄弟无奈远离故土水洛城，凋零于陇南高山深沟。宋高宗听说金军南下，怕自己像父兄那样被金军捉去当不成皇帝，根本不想抵抗，总想离金军越远越好，所以拒绝了李纲要求其返回汴京的请求，一味南逃。临逃跑之前给金军还留下一封求和信，写得哀哀切切。可是，金不允许。高宗无奈先是从归德（商丘）逃到扬州，宗弼紧接着追到扬州。在金兵到来之前，赵构一夜渡江逃往建康（今南京）。宗弼大军突破宋军江上防线，渡江成功，赵构又逃往杭州，准备把杭州作为都城。

其实到这个时候，宋军的战斗力有所增强，大江南北的抗金浪潮也非常高涨，打了二十多年仗的金军也出现了厌战情绪。双方在力量上已处于相对均衡，在局面上相持不下，谁也战胜不了谁。在这种形势下，宗弼答应了宋高宗议和的请求，提出"以便宜划淮为界"的条件，放了在金朝拘留的南宋使节以示友好。这时，南宋向金朝递交誓表，以表示"金属上国，宋为敝邑，谨守臣节，世服臣职"的态度。

这便是《绍兴和议》。在金朝促成绍兴和议的主导人物是完颜宗弼，我们说他能审时度势，就在于此。这时，南宋有十五路（省级）七百零三个县，金朝有十九路六百三十二个县。《绍兴和议》开辟了宋金近八十年来未有的和平局面。为南宋筑起了一道挡风长城。难怪南宋乐意让出淮河以北六百三十二个县和大片地区，是想借金朝之力阻止蒙古入侵，保存自己。

（3）北风骤起，事态有变

人算不如天算，随着事态的瞬息万变，元军乘虚而入，势如破竹地向中原挺进，西夏不时也有战乱。正当宋、金两大军事势力处于激烈焦灼状态时，西北浩瀚的北漠军事力量如雷霆万钧之势在发展，虽然南宋、金朝都与元军有和谈、有协议，与西夏有争夺、有狙击，可是各方都是鞭长莫及，顾此失彼。这期间西夏的李元昊已经轻而易举地占据了甘肃河西走廊三郡的州县，毫无阻击地直达瓜州（安西）、沙州（敦煌）。一个沙漠王国粗具规模，不但震惊西域吐蕃地域，同样震撼着南宋王朝。历史的发展，难以挽回金、宋先后灭亡的下场，这就是不以人们意志为转移的历史潮流。

第三章 在甘肃境内发生的故事

刚才我向你们讲了金朝的金兀术父子在陇原大地争战几十年，他们在踩踏过的这片热土上所发生的故事。现在我再向你们说说金朝在甘肃境内发生了哪些传奇故事。

金朝把甘肃大地可以说既看成是前沿阵营，又作为后防基地。平凉、泾川是金芮王完颜亨和末帝完颜承麟陵墓所在地，为祖先香火风水之地。在这块黄土地上曾建置过五六处省辖一级的地方政治机构。

金朝的政治机构除路、府、州、县以外，还有猛安、谋克系列。猛安、谋克是由氏族组织发展而来的，它既是军事组织，又是地方行政机构，猛安相当于州，谋克相当于县。最初完颜部落就以猛安、谋克为最基本的组织形式，后来由于金朝占领了中原和秦陇地区，把许多猛安、谋克迁移到今河北、河南、山东、山西、陕西、甘肃一带。猛安、谋克与路、府、州、县相互平行，互不相属。路、府、州、县的长官属于流动官，定期调动、任免；猛安、谋克的长官可以世袭，两者有所不同。在甘肃除泾川的完颜氏族为当然的内族世裔猛安、谋克外，还有朝廷赐给的猛安、谋克制遗产、遗物，如陇西的汪世显、会宁的郭蛤蟆、兰州的汪三郎和遗留在陇南的蒙安庄、穆克村等家族均曾为世裔的猛安、谋克，又是地方官衔。而清代的八旗制度（牛录、甲喇、固山），与此颇为相似，由于八旗兵到西北驻防，长时间住在这里，他们逐渐演变成当地土著。

朝廷的最高行政机构是尚书省，不设中书省和门下省，以尚书令统率六部，辅佐皇帝处理国家政务。金初曾设行台尚书省，为尚书省在地方上的派出机构，是临时性的官府。金代后期，由于战争的需要，在地方上广设行台尚书省，简称行省，平凉在金朝时曾设省，由完颜承麟兄长完颜承裔（白撒）掌管，尚书由俊威来掌管。这位叫俊威的人，我在后面介绍双塔寺院修建时会提到，他是金朝的官员俊威。像这样的省多达数十处，但是它所管辖的范围特别小。

一、两个"会宁"伴随金朝始末

完颜氏老人很有感触地说，现在的年轻人恐怕很少有人能想到郭蛤蟆这个已故的人了。在八百多年前，他却在这苍茫的会宁高原上为后人留下了一座古城，即会宁城。数百年的时光就这样流走了，如今就连世世代代居住在古城周围的会宁人，也似乎淡忘了这古城在历史上与金代息息相关，并在元灭金后为金朝支撑了近三年的悲壮历史。金朝建国初的首府设在东北的上京会宁府与这大西北的会宁城相隔万里之遥，但它们似乎有着某种亲近的联系，那就是金朝的始末，这是天意还是巧合？

一二三四年，金朝的残余军队抬着只做了不到一天皇帝的完颜承麟灵柩一路向西走来，这无疑是一次非常悲壮的历程。他们为躲避元军的追击，时而奔跑，时而隐藏，风餐露宿地行进了两三千里，最终来到完颜宗弼当年战斗过的地方——甘肃泾川县，将完颜承麟的灵柩埋在这里。因此，金朝就这样在两个会宁间把那些悲壮甚至惨烈的故事写进了史书里，令人寻思探访。你还别说，头几年，泾川县王村镇还真的迎来了一批陌生的客人。他们是由八人组成的黑龙江省阿城区政府寻宗考察团，不远万里慕名寻访被人们淡忘了八百多年的完颜部落。

这个大西北偏僻的完颜村，是目前关内最大的完颜宗弼后裔聚居中心区。王村镇原为金朝时女真族屯兵、练武的基地。至今还有军坪子、四岭子的跑马场，中华人民共和国成立前曾是完颜家族坟田地，出租给佃户耕种，年年由家族推选的"坟头"来收租金，收来的租金作为办学堂、祭祀祖先的费用。传说章村、王村，实际是章家和王家的谐音，当地流传说：章村无张，王村无王，章村王村没有行情（不是真的）。据《平凉志》载，西龙山庙宇、章村的灵关庙山，还有附近几个叫杜家沟的村庄，实际是隐居下来的徒单氏家族后裔。而徒单氏乃为金朝芮王完颜亨母亲和岳父母之家族，后以谐音隐匿为杜姓氏了。当时金被元所灭，元朝曾实施"唯完颜不赦"的政策。这迫使全国范围内原完颜氏族多数人不得不按女真文译完颜为"王"姓，完颜后裔为免除杀身之祸，尤其他们是名声显赫的完颜宗弼后裔们，哪有不彻底改姓隐名之胆呢？完颜氏族多改为"王"姓，改其他姓也不拘一格，只以隐居生存下去为目的。

这个王村镇的完颜氏村落里至今保留了当年女真族人的很多古老的习俗和风貌。这些旧的祭祀、祭天、祭地的古老仪式，让东北万里专程寻宗考察的客人们惊奇。如敬奉历代完颜祖宗遗像、末代皇帝承麟和芮王完颜亨陵墓和完颜老井、完颜桥等历史文化古迹的存在证实了满族人的先民那种"顽强不屈，以小搏大"的民族性格，以及不分东、西、南、北、中，只要有阳光雨露就能生根、开花、结果的民族精神。东北金源的会宁与大西北的郭蛤蟆城，从地域上虽相隔万里之遥，但民族精神是相同的。

二、此"会宁"与彼"会宁"

下面我向你们说一个很有趣的事情，在我国的东部和西部有两个叫"会宁"的地方，而这两个会宁都与金朝有密切的关系。咱们先说说位于甘肃中部的会宁，它是古丝绸之路上的重镇，自从秦汉和隋唐两个时期开通丝绸之路，都给会宁地方经济带来了发展机遇，两次兴盛，两次繁荣。据《会宁县志》上说："会邑地控三边，县居四塞，东跨泾源，南蔽秦陇，西障金城，北控羌戎，古为用武之地，历史之重镇。"因此，被称为"秦陇锁钥"。宋时的会宁，这个在唐汉因足食而被称为"粟州"的地方，一下子显示出了其军事战略要地的意义——辽与宋、金，以及宋与西夏、蒙古军都曾经在这一带反复地进行着拉锯式的战役和争夺。位于会宁县北郭城乡的郭蛤蟆城无疑在这些战斗中和战役中扮演了一个极为悲壮的角色。

郭蛤蟆城原称会川城，该城建于北宋元符二年，到一二三四年元灭金后，金朝的西部元帅郭蛤蟆在这里仍守城抗元军三年，城被元军攻破后，郭蛤蟆举家自焚，后人念其忠烈，重修该城，并命名为"郭蛤蟆城"以示怀念。这是金朝最后灭亡之地——会宁。

说到这儿使我想起了金朝"起家"之地——上京会宁府。听老人们说，我们女真人世世代代生活在松花江流域，一直受到辽国的统治和压迫。有一年，辽国天祚帝到松花江渔猎，女真各部落首领前来朝拜。在宴席上，天祚帝命令各部落首领依次起舞祝酒，因为生女真完颜部落的首领完颜阿骨打不肯屈尊献媚，天祚帝险些将他杀掉。自此，完颜阿骨打与辽人结怨，决心积蓄力量起兵反辽。大约从公元一一一三年，完颜阿骨打率各部落起兵攻辽，不到三年时间，于一一一五年创建金国，定都于黑龙江省阿城，并把这里命名为"上京会宁府"，完颜阿骨打自称皇帝，金朝的历史便从这开始了。

　　天德五年，完颜亮下诏正式迁都燕京（今北京），为促使留恋故土的女真贵族们尽快搬迁，他还下令彻底捣毁上京会宁府，将其夷为平地。此前，完颜亮就调了四十万军队和八十万工匠，在燕京营造宫殿城池。一心想把燕京建成都城，其规模浩大程度可想而知。为加快工程进度，完颜亮多次赏赐工匠，但因工匠过度劳累和感染瘟疫，死亡人数甚多。

　　在完颜亮的严厉督促下，上百万军民、工匠奋力劳作，只用了三年时间，燕京新都的宫殿城池基本完工，完颜亮迁都，让女真贵族过上了安稳舒适的生活，逐渐使女真人失去了英勇尚武的优良传统，受中原农耕文化的影响和浸透，女真族这个从白山黑水间呼啸而来的民族，英勇与彪悍开始蜕化。对于这一点，就连《金史》也不无惋惜。当在草原上又成长起来的另一支蒙古族的军队大举攻金，在蒙古军铁骑下丢城失地的金国不得不将中都（燕京）迁至汴京（开封）。这个以"金"命名，梦想无比辉煌的朝代，此刻似乎很难抵挡迎面而来的蒙古铁骑的进攻，蒙古军攻下金朝首都。天兴元年，金朝的最后一位皇帝金哀宗弃汴京逃奔归德（今河南商丘），不久又奔蔡州（今河南汝南）。天兴元年，金哀宗在蔡州自缢，蔡城沦陷，金朝至此灭亡。

　　此时，金朝的残余军队想起了他们曾经驰骋和征战过的北方土地，他们抬着完颜承麟灵柩一直向西，最终在泾川安葬了末帝承麟，后裔们便改名换姓过起守灵的隐蔽生活。然而，就在这个大金国完全落下帷幕之时，会州（会宁）的一座城池里却依然飘扬着金朝的旗帜，而且一直飘荡了三年，这个会宁伴随金朝到最终。

三、金兀术苦心经营秦陇之地

　　听老人说，金朝与南宋对峙期间，蒙古军在北方草原上迅速崛起。崛起的蒙古军向金朝发动过多次战争，并与南宋联合攻打金朝。金朝在岌岌可危时曾想迁都甘肃陇西，企图借助西北屏障，东山再起。

　　陇西是甘肃最早的省会，陇西因位于陇山（今六盘山）以西而得名。大史学家班固用史学家的口气这样评价陇西这个地方："山东出相，山西出将。"班固所说的山西是指今天陇西，即陇山以西的地方，掰指大约一算，仅秦朝出于这一带的就有秦始皇以及嬴政家族的二帝六王；十六国之一的西秦国共四任君王都是陇西人；三国名将庞德，随后的名将有李广、赵充国、廉褒，唐朝传奇作家李公佐等也是陇西人，这些人的名字不但在历史中永远占有一席之地，而且至今还活在人们的记忆里。

早在旧石器时代，陇西就有先民活动。新石器时代，陇西大部分被森林覆盖，人们以畜牧狩猎为主要生活方式，并不断扩大活动区域，超出山地，活动在渭河、西河的两岸和南北浅山区。这里河流密布，气候湿润，是一个人杰地灵的好地方。先民们也正是在这个地方创造了灿烂的文化。

在金朝统治者看来，陕西山高险峻，进可以攻，退可以守，谁占有它，谁就对全国有了"建瓴之便"。再加上陕西与天府之土的四川毗邻，四川物产丰饶，财力雄厚，所以陕西（按当时的划分包括今甘肃）在金人的眼里成了"天下的根基"。正因为这样，宋、金当年在这里的争斗就显得异常激烈。最值得一提的是，金朝在这里设立了巩昌府和陕西路巩昌总帅府。到了元朝，巩昌路辖五府二十七州（包括兰州和四川，以及陕西省部分地区）。到了清康熙年间，才从陕西省分置了甘肃省，而陇西是甘肃最早的省会和政治、经济、文化中心。

我们知道，历史上，陇西是丝绸之路南线上的重镇，曾经僧侣、商贾络绎不绝，古道驼铃声漫漫，透过那些浩如烟海的文字，看到当年陇西繁华的景象，看到陇西与张骞出使西域、炀帝西巡以及文成公主入藏联姻的背影紧紧相连。

重建于清代康熙年间的威远楼矗立于陇西大地上，楼上的钟声悠远，气势雄伟。已故著名历史学家顾颉刚先生一九三八年考察陇西时，盛赞此间城墙和鼓楼等建筑高大雄伟，颇有省会气魄。登上威远楼陇西的一切已收眼底。

我们回过头来再说说金朝欲迁都于陇西的事。天兴二年，金哀宗被蒙古军队进攻所迫，不得不迁都蔡州，但又考虑到蔡城孤城不能保，就想迁都甘肃陇西。于是，命粘葛完展为巩昌（陇西）行省，来甘肃准备迁都事宜。金朝当时的绥德元帅汪世显也清楚蔡州难保，再加上对粘葛完展不服，就想起兵造反，但又惧怕驻守会宁的金朝元帅郭蛤蟆，于是便派使者约见郭蛤蟆一同起兵造反，进攻陇西，然后降元。

郭蛤蟆对金朝忠诚，态度坚决，他对汪世显说："粘葛完展奉诏为行省，号令孰敢不从。今主上受难围于蔡城，拟迁都巩昌。国家危难之际，我辈既不能以死赴救援，又不能聚众奉迎，乃欲攻粘葛公，先废除迁都幸地，上至何所归乎。汝帅若欲背国家，任其为之，何及于我。"

到了第二年春天，蔡城被元攻破的前两天，金哀宗对完颜承麟说：

"蔡城难保，元军若破城，我肥胖，跑不动，你武艺高强，且有才华，你若西行至巩昌（陇西），金朝还有东山再起的可能。因此，我决定将皇位传让给你。"因这段话道出，金朝的末代皇帝是哀宗还是完颜承麟，已成为史册中的不一致之处。

如今看来，金朝想迁都巩昌并不是没有原因的，金兀术对陇原秦陇之地的苦心经营，以及后来的吴氏后代吴曦投降金朝被封为"蜀王"，一夜之间改变了自己连同祖辈的信仰（见《庄浪县志》和《庄浪史话》），金朝将南宋军队压制于甘南一带，为迁都陇西创造了有利的历史环境。

公元一二三四年，蔡城被元军攻破，金哀宗自缢于幽兰轩，完颜承麟死于乱军之中，这使金朝迁都计划胎死腹中。金朝的残余军队一路向西来到今天的甘肃泾川，一路回了东北老家，剩余的则留在原地。此时，对西来的金朝残余军来说迁都陇西企图东山再起已成泡影。

四、海陵王时在华池县修建双塔寺院

金朝在陇东大地不仅和南宋展开大规模的战争，还留下了许多古建筑遗物，双塔寺院就是其中一个。提起修建双塔寺院，听老人们说还真有一些传奇故事，你听我慢慢道来。双塔寺院坐落于甘肃省华池县林镇乡，正好建在子午岭中部的河谷。听老人说，他们以前去过，看见过双塔寺院，是金朝正隆年间建的，位于著名的豹子川与双塔沟小溪交合处，青山环抱，绿水环绕，风光秀丽。原名叫石塔院，金大安三年，更名为兴教院。那时正是海陵王为皇帝的时候，在陇东地方活动频繁。寺院经过几百年的风风雨雨，石碑上的碑文、院落、塔体已破烂不堪。随后的明、清年间屡有修葺。后毁于山体滑塌，寺院大部分被掩埋，仅留有双塔直立，成为陇东一大奇景。

经过历年来多次维修，寺院格局造型仍然保持别致美观，塔体浮雕非常考究，双塔比翼凌空，举世无双。可惜陵谷变迁，风雨自然侵蚀，加之人为损坏，寺院便荡然无存，唯独那双塔直竖云天。在双石塔寺院倒塌的遗物发掘中发现，由创建时的历史背景和筹建的诸多当事人可证实石塔寺院建造属庆阳管辖，碑文中有位名曰俊威的朝廷要员题词。据说，此俊威曾是金朝海陵王执政时的礼部和吏部尚书。俊威原为陕西籍的秀才，后从军北宋，曾率军与金作战被金俘虏，金兀术（完颜宗弼）惜才心切，令部下不要伤害他，留军营使用。后调迁朝廷任文秘，不久升为吏部、礼部尚书等职，因此金朝兴建寺院、庙宇一般多由俊威出面题词是顺理成章之事。

说到这儿，人们要问了，海陵王当时为什么要在华池县修建双塔寺院？别着急，咱们得从头说起。完颜亮是一一四九年弑金熙宗完颜亶当上皇帝的，他执政期间为实现一统天下，反对分而治之的远大理想，大杀宗室保守派，引起皇族的不满。但他有开拓进取、寻求统一的雄才大略，曾迁都燕京，后又继续推进，建都汴梁（即今天的河南省开封市），然后大举征伐南宋，在江南兵败后死于内外乱箭之下。双塔寺院正是完颜亮称帝时期兴建的，这时期完颜亮的部下和亲信都在秦陇一带活动，当然李老僧和完颜亮的女婿都同期在陇东驻守。

完颜亮下诏书，在甘肃省华池县建造如此豪华宏伟的寺院，与他攻打南宋、稳操中原的野心是一致的，也是金王朝转移人们视线、实施南侵的需要。在庆阳、宁县、灵台、泾川、平凉、会宁、陇西、兰州等地兴建普照寺、双塔寺院和庙宇，铸造铁钟，修王陵，大力提倡佛教，这些都是与维持他统治地位相联系的。

传说，华池县建造石塔院的过程中，有李世雄等众多李氏兄弟捐赠银两，李氏家族为当时地方的校尉、村寨主等。我们前面说过，金朝有个叫李老僧的要员，为旧将军司书吏，与大兴国曾有亲戚。海陵王曾令李老僧有意结识大兴国。当时大兴国身为金熙宗近身护卫，为给海陵王过生日送礼之事，被熙宗曾杖责一百，这使大兴国心怀不满。完颜亮为壮大谋弑金熙宗的力量，令李老僧秘密勾结大兴国。功夫不负有心人，在海陵王弑金熙宗的深夜，大兴国将熙宗平时放于身边的佩刀偷偷放于床下，并将宫门偷偷打开让海陵、秉德等人入内，当事发时，熙宗寻刀不得便遇弑。

海陵王篡位当了皇帝，为感谢帮助之情，便授李老僧同知广宁尹事，赐银千万两，绢五百匹，马牛各二百，羊两千只。李老僧跟随海陵王多年，海陵王对他也最信任，为排除异己，授意他暗杀亲臣完颜宗弼（金兀术）的长子完颜亨（芮王）及全家，这件事干完之后，海陵王又授李老僧为易州刺史，同知大兴尹，赐名惟忠，后授延安府同知等重任。

一朝天子一朝臣。金世宗继位后，李老僧为避免遭到杀害，他的旧部家族便隐蔽于延安、庆阳等地深山林海。金朝兴修华池双塔寺院与众多李姓地方官员有着密切的关联。所以，人们在传说故事中说白花公主路过华池县境时遇到过一位蒙面老僧，从他的言谈举动判断就是李老僧。

再从石碑记载中，可断定双塔寺院修筑时的众多李氏官员都为李老僧的后人。

海陵王时期频繁活动于安庆之间的金朝要员除李老僧、俊威这两个人外，就数徒单阿里出虎了，他是会宁人，金太祖时有过战功，为谋克，皇统四年为兵部侍郎、历天德军节度使，设兴中尹，与宗干（海陵父）世为联姻亲家。皇统九年，阿里出虎和仆散忽士为熙宗的护卫长官，海陵王弑熙宗时得到他二人内应，才获得成功，所以后来海陵王许其女儿为阿里出虎之妻。海陵王即位后，阿里出虎为右副点检官，他的后裔活动在延安、庆阳地区。主事修建普照寺、双塔寺院的金朝廷重臣只有李老僧和兵部尚书俊威两人，其家室后裔随海陵王之死，政局的突变，多隐居于陇东华池县乡间，以村寨主的身份施修寺院顺理成章。到金世宗时，李老僧与兵部尚书可喜谋反之事被告发，据说二人分别于延安、庆阳被诛杀。

五、传承遗留于陇原璀璨的金石文物

完颜氏老人常说，在甘肃大地，凡是女真人盘桓过的地方，都有大金国的历史遗物，这是女真文化在陇东大地传承的根。因为金朝每件遗物都烙印着当年的社会景象，每一件历史文物背后都蕴含着丰富的历史故事。见物如见人，见景生情是继承传统的最好方式，最容易如实地牢牢记住。在完颜族人中，有不少走州过县、见世面广的老人，说起他们所见所闻的女真文物、遗址时，总是自豪地、如数家珍般地将那些遗物说个细致，让晚辈人羡慕不已。

（1）金大安铁钟

战争给老百姓带来苦难，也为人们留下大批历史文化遗物，就连泾川县名也来自金朝大定七年，从安定、保定，后改为泾川，沿用至今已有八百多年。泾川王母宫有金大定二十五年刘启仁书题的趔名碑十一处，民国时期存有的泾川八景之一的宫山晓钟为金大安铁钟，至今高悬于泾汭二河分水岭的回山峰之巅，击之则洪声传遍二川三塬，山鸣谷应，其余音袅袅韵绕数十里，故历代泾州县志将宫山晓钟列为泾州八景之首。清朝谢阊祚有诗云："推帘月色尚溶溶，万籁萧然听早钟。隔水一声传激越，傍山万水响玲珑。惊残枕上华胥梦，冷尽人间名利胸。王母祠前花正放，定应添得晓妆浓。"这口铁钟多用于寺院庙宇，既是法器，又是警示器。现为泾川县标志性风景物，始制于金大安三年，其铭镌刻文中，记载了八大菩萨法号，四面分别铸有"国泰民安""法轮常转""皇帝万岁""臣佐千秋"的汉字，还有以女真文铸成的陇东地区佛教轨制，有十七位僧官法名号及泾川县建制的概况，铁钟身高一米九，底周长四米九，重达万斤，有回音孔，一九五八年大炼钢铁时砸坏了钟钮，一九六四年由后山移往前山峰，正式建亭保护，直至今日。

（2）灵台县明昌铁钟

在灵台县有个明昌铁钟，铸造于金代明昌丙辰年，原来悬挂于灵台县城内的胜果寺院，后该寺院被毁，就移于县文化馆内修筑亭阁加以保护。钟高三米三，底周长五米二，钮为一兽二首蒲牢钮四足抓钟，钟体披鳞甲。有回音孔，分三层铸字，一层铸"皇帝万岁，臣佐千伙，法轮常转，国泰民安"十六个大字，其他格内用汉文和女真文字铸功德主姓名，并铸有梵文和咒语深波口，可与兰州五泉山金朝泰和铁钟相媲美。

（3）兰州五泉山泰和铁钟

泰和铁钟为金章宗二年铸造，高九尺，宽六尺，重一万斤，为兰州最早、最完整的金石文物之一。大钟原在兰园普照寺，一九三九年二月二十三日，日本侵略军炸毁房屋五百多间，炸死、炸伤百余人，普照寺全毁，方丈悟明殉难，但是铁钟完整无损。钟上铭刻："仙闻生喜，鬼闻停凶，击破地狱，救苦无穷"。一九五四年移至五泉山。真可谓晨钟暮鼓，开启极乐净土之清音，朝钟暮鼓不到耳，明月孤云长挂情。而古老的金朝泰和铁钟，静静地安置在修建的警醒亭内，远离清静的寺院，拂拭着历史伤痛，等候警醒的世人来撞响长鸣。

（4）泾川县金印

在泾川完颜家族聚居的村落，完颜洼村于一九七六年出土发掘一方金印，边款刻有"承安三年十一月"，这是目前发现金朝的唯一一建制印鉴，这一金朝官制金印是完颜家族人在金亡时保存下来的。金朝碑刻记载，泾川有五龙庙，即泾河龙君庙，是李世民所敕赐。据清朝道光年间碑文载，金时泾川县城内有相当规模的准提庵寺院，其庵院宏伟，佛事盛行在关陇，胜于崆峒山道教，据说时至民国时期庵院还完整无缺。

六、三圣宫与完颜小学

咱们回过头来再讲讲完颜村。涉泾河北行，到完颜村前，发现有两条并不宽阔也不太深的山沟，把完颜村分割成东西两部分，崖畔和沟两侧分布着上百孔新旧不一的窑洞，完颜氏族的先辈们，为了守陵，结束了戎马生涯，开始向农耕生活转化，并逐渐与当地的汉民族融合，依山挖窑洞居住。挖地窝、搭窝棚，这本是女真先民们原始生存的本能，黄土地层浑厚，依山傍水，因地制宜掘挖窑洞更不在话下。在完颜东沟与完颜西沟之间依次排列的旧窑洞中间，有个三圣宫庙的遗址，坐北朝南，遗地上野草丛生，烂砖破瓦遍布。据说一百多年前西海固发生大地震时三圣宫庙被毁，在二十世纪三四十年代时，还遗留下三尊神像身躯站立在荒凉的草坡上，还有一口很大的铁钟矗立于脚下，逢年过节人们总要祭奠、磕头。

据老人说三圣宫庙是守灵人刚落脚后与圣母娘娘庙同一时期修建的。两尊神灵各管其事，三圣宫是何神灵？人们说法不一。阴阳道师说是天神、地神和雷神；而文人秀才说是孔子、孟子和老子。据德高望重的完颜氏老人说是金太祖、金太宗和完颜希尹。因此，大凡完颜氏人上学、升迁、仕途之事多向三圣宫庙祈祷、叩头。

原先在三圣宫庙旁边有祖传的完颜私塾学堂，四五孔土窑洞，人们习惯称为"老先生家"，还供奉一尊孔圣人的神牌位。记得我很小的时候，父亲就硬领我去磕头叩拜孔夫子的神龛。老人们敬奉三圣宫神灵与祭奠孔子一样虔诚，祈求后代学业有成。随后于民国时在原地修建了学堂，每当提起现在的完颜小学，人们都津津乐道地总提到三圣宫庙的悠久历史，好像三圣宫与学校有着不可分割的情缘关联。

在一九五二年，刚刚获得新生的村民们，就由时任村主任的完颜永瑞先生带领村民白手起家，自力更生，没有用国家一分钱，大家一把土、一把泥，有钱的出钱，有树的捐木，有人的出力，修筑了四间教室、两间宿舍和围墙，在原先三圣宫庙旁边的私塾窑洞学堂旁，一座崭新的完颜小学落成了，成为全县民办学校的典范。完颜小学原为民办的私立小学，不久纳入了县统一公办学校之列。

几十年来，从这深山沟的土学堂里，走出了不少有志之士，他们如颗颗饱满待萌发的种子，撒播到四处，生根、开花、结果。这里与其他学校相比还较闭塞落后，但近年来，泾川完颜氏子女考入全国名牌大学的大有人在，名列该县前茅，在当地引起极大关注。

改革开放以来，完颜村发生了天翻地覆的变化。这些年，完颜村家家户户都修起了宽敞明亮的新瓦房，终于告别了祖祖辈辈安身的窑洞。

从马背到窑洞，从窑洞到瓦房，金兀术的后裔们终于完成了历史的大跨越。

完颜氏族虽是行伍出身，经过八百多年与汉民族的融合，到了近代，他们的后代子孙已经非常注重文化教育。中华人民共和国刚成立不久，完颜村在乡绅长老们的积极倡导下，集资修建了一所学校，培养出了新一代的完颜氏人才。

这所学校坐落于泾河北岸约五米高的一块平地上，位于完颜东沟和西沟中间，两村学生来往方便；坐北朝南，阳光明媚，泾河水迎面淌过。西侧紧靠一座废弃的三圣宫庙宇，据说完颜氏人世代除敬奉圣母娘娘外，如今还敬奉三圣宫的遗址，细究三圣为何许神灵？虽然说法不一，但他们异口同声地认为是给民众做过善事的圣人贤达，由此不难猜想到，当年这批大金国的后裔们选此处为校址，无论从历史角度或从现实需要皆用心良苦。

这所学校经历了五十多个岁月，虽然多次修葺，到了二〇〇〇年时，已不堪风雨侵蚀，校舍倒塌，变成了一片瓦砾，学生只好分散于各处上学。当年从完颜村走出来的有识之士，多方募集资金重新修了四间教室和校舍，期盼学校里重新响起琅琅的读书声。

后来，上级决定将学校建在完颜村西边三里处的炉子嘴村，这所小学便改成了完颜祠堂，现在院内松树、柏树郁郁葱葱，院正中，修建了上自完颜阿骨打，下至完颜承麟，最中央为完颜宗弼（金兀术）的雕刻龙凤石碑，原先人们期盼子孙登第的圣贤之地，如今又演变成人们仰慕的世代祖先陵园。

可是，当我们刚踏进门楼修葺一新，上书"追源溯本"四个金光闪耀大字的完颜世代宗祖祠堂时，突然从里面蜂拥而出百十多名活泼可爱的小学生，他们个个脸蛋上挂着大西北人特有的红彩云，浑身散发出一股泥土的清香气息，身着大红大绿、不同式样、五颜六色的衣裳，要说小孩是未来的花朵，那么我们眼前这一幕景色，比城市常见身穿清一色校服的孩子要鲜艳得多。当我们惊奇之时，老师说，炉子嘴学校修了五六年，现在不知啥原因，还没建成，只好让一二年级的学生在此上课。当我们给学生拍照完毕后，小孩们如撒欢的小山羊，不一会儿都奔跑进各自新修的砖瓦房院落里。同行的朋友戏谑说，这就是我国历史上最后一个女真部落，一群女真人的后生啊！

七、神秘的碑子坟

我在向你们介绍完颜村的三圣宫后，再向你们介绍一下完颜村神秘的碑子坟。在沟壑纵横、山岭连绵的完颜村境内，有几座神秘的古墓，经过数百年的沧桑巨变，历史将这山岭、塬川一同尘封得严严实实，外人很少深知其中的奥秘。在沟壑岸畔上，只有乌鸦、麻雀腾空翻飞，盘旋觅食，野蒿酸刺覆盖，历经数百年狂风暴雨无情的侵蚀及人为破坏，这几座古墓只剩下几个杂草丛生的黄土包。西边一座较大的古墓常年无人问津，也无人上坟祭拜。唯独东边这座古墓，人们虽然称其为碑子坟——确实是石碑、石柱遍地，并无任何文字的坟墓，但是却受到完颜氏人们一年四季、逢年过节的祭祀和守护。

人们称西坪上古墓为王子坟，而对面东坪上的坟称碑子坟或芮王坟。

"韩王"或"芮王"多年来众说纷纭，各执一词。如今真相大白，西沟坪上是明藩韩王墓，这座坟因几百年来无从考证，也无人守护，一直被尘埃所掩埋，慢慢混淆了人们的视线和记忆。因历史悠远，在民国时曾被多次盗墓挖掘，现只剩下一个几米深的墓穴和难以搬动的石门、石板。

据清乾隆十八年泾川知县张延福编著的《泾州志》载："明藩韩王墓在治西长守里至治十五里，有明藩韩王陵墓。"又据一九九六年的《泾川县志》载："明韩王墓位于泾川县王村乡完颜村九顶梅花山，现仅存两座小山似的土包。"

学识渊博的完颜氏老人告诉我，明藩韩王是明太祖朱元璋第二十子朱松的封号，封地原在今辽宁省开原市。朱松死后由长子朱冲𤊻在永乐九年袭封，称韩恭王。永乐二十二年封地改至平凉，此后明韩王宗族领封平凉二百余年。直到一九七六年在完颜村西坪上发现"明朝王夫人李氏圹志"墓碑，这一迷雾才被拨开。

平凉人们传说，明韩王为了葬于九顶梅花山这一风水宝地，曾盛请崆峒山高僧前来"赶龙脉"。最前边由道徒们一行，从平凉向东面观光寻仙，对泾河两岸每个山川峁岭逐一寻觅观测，当他们到达九顶梅花山时，道师们一眼就看中了这里川宽地平，泾河缓缓地流过，九顶梅花山巅上祥云笼罩，佛光闪耀，风光宜人，是难得的一块龙脉风水宝地。仙道们也不顾这里已有二百多年前金代陵墓的存在，便在此处放置了一枚铜麻钱，请道长从崆峒山峰，腾空甩过一根银针，霎时间那根银针将天空大地画出一条五彩闪烁的光芒，银针不偏不倚地穿进了铜麻钱的眼孔里，于是明藩韩王便葬于此地。这则美好而神奇的传说故事总归是传说，但九顶梅花山无疑是一块风水宝地。外界人将两座相距两百多年、两个不同朝代的古墓相提并论、混为一谈已有几百年时间了。

不过，完颜氏人却有截然不同的记忆、信念、视线，他们年复一年默默地守护着碑子坟，悄然祭奠碑子坟从未间断，犹如每一天太阳从东升起，又从西落下似的，前代传递给后代，任时光荏苒，岁月流逝，乾坤辗转，他们自然延续接替着，从完颜氏人的心灵深处，刻骨铭心地记着自己祖宗的古墓，根深蒂固地从未与明朝王子坟相混淆，这古墓是他们的根基，是他们生存的精神寄托，他们从来不声张、不外露，默默地敬奉守护着。

从阿骨打起，他们三代人都娶徒单氏之女为妻。一场婚姻，一场政治，联姻就是联盟。在金朝，徒单氏家族几代为臣，后来随着征战，他们家族多流落遁居于汉川平凉。完颜东沟坪上至今留有芮王坪、芮王嘴、芮王沟、官地坪、调马岭、温家坟等地名，这些都与芮王有密切关联。

在芮王坪正中间，被历史尘埃所湮没，有一座无人知晓来历的、神秘的古墓地，曾引起过不少文人墨客、文史学者的勘踏和猜测。我童年时，亲眼看见过古墓占地宽阔，规模宏伟，坐落于几十亩大的坪地的正中央。

这块田地从清朝时期就是我家的祖传耕地，我的曾祖父（太爷爷）完颜治春是清朝世袭的乡约，管理泾河北岸地域的长守里，当时一个里相当现在的三个乡镇。这块耕地很平坦，聚风敛气，旱涝保收。但中间横躺着一座硕大的古墓，石碑石柱、破砖碎瓦堆积如山，杂草丛生，给耕地播种带来很多不便。就是这样一块地，据说只有乡约的后裔们才有权耕种。

我小时候常去那儿玩耍、干活。犁地时往往能遇到犁铧碰撞到石块、砖瓦上，有时还会打破犁铧，挣断牲畜套绳。尤其耕地时打破犁铧这种事情，对庄稼人来说，是令人痛心疾首的尴尬境遇。耕种这块田地真让人发愁，不能使牲畜驾驭起犁铧，就不能从始至终畅通无阻地、直溜溜地犁过一耥。农民犁地耕种与作文、绘画、绣花一样，饱含着庄稼汉的一种心情和意境，往往要使犁耕过的田地留下直溜溜的犁沟与平辗辗的犁花波纹，一道道犁花翻掀起一层层黄土波浪来，好让过往行人观赏你的杰作，这是庄稼人最舒畅、愉快的事情。在这块地耕种，老人们有严格的规矩。为了不让犁铧刮破坟墓上的土层，不让牲畜跑进长满青草的坟地里，经常需要走走绕绕，这样，犁过的田地总是弯弯曲曲的、坎坎洼洼的，很不平整流畅，经常让人十分懊丧。我们心里难免有些唠唠叨叨："什么好地，还祖祖辈辈当成传世家宝，真是活受罪！"心里诧异地想："土地多的是，祖辈们为什么非要种这块倒霉的、难耕又难种的土地？"而爷爷、奶奶、父辈们，向我们这些娃娃笑一笑，悄悄摇摇头，慢慢将石头、瓦片恭恭敬敬地轻轻捡起来，又小心翼翼地垒放到坟墓上，他们的脸上不由得绽放出神秘、自豪的笑容。

在耕种或收割庄稼的繁忙季节里，每到歇晌时，左邻右舍的乡亲们，三三两两成群结队，端上饭菜走来，有的人先向坟墓撒一些饭菜，嘴里还念念叨叨；有的人吃毕饭，喊吼几段秦腔戏，什么"祭灵""金沙滩"，腔调悲伤凄惨，使得人们沉默无言，妇女们还擤鼻抹泪；也有人唱一些大喜大乐的戏曲段子，逗得大家前仰后合、捧腹大笑一阵后，大家不约而同地缓缓走向自个地头干活。

我常听奶奶悄悄骂道："完颜家这些老满子——"她接着说，"这块田地是你们祖宗的命根子，你们不知道，从我十八岁嫁到你们完颜家里，就听说是我们的太爷爷、爷爷遗留下的田地，别人没资格种，不是别人不想种，这块吃力不讨好、活受罪的田地，你太爷爷家乐意耕种！"我太爷爷叫完颜治春，生有十个儿子，我爷爷为长子，我父亲又是长孙，这块地就由我爷爷耕种，以后传给我父亲接替耕种。

天有不测风云，斗转星移，历史更替。在民国十八年间，我太爷爷传给我爷爷手上的富裕家业一落千丈，家产不知为何损失殆尽，就连这块祖传的碑子坟田地也当给了一个张姓的人家耕种。不久，我父亲长大，成家立业，他和我奶奶发愤图强，不顾一切，立誓即使砸锅卖铁也要将碑子坟这块地赎回来。最后经顽强拼搏，付出了很高的代价，总算将这块祖传的土地收回来了。

碑子坟，经过几百年风雨侵蚀和人为耕挖，在漫长的岁月里，谁也说不清楚，谁也不想说清楚。它沉默地静躺在这凄凉的荒野，经历了八百余载，守灵人始终守口如瓶，闭口不说其墓主人名姓和身世。也许因完颜亨之死，使后裔们承受着太多太多的诬陷罪之隐痛，千古冤屈难明的缘故。在悠远的岁月里，外界人只知道碑子坟，不知其墓主是谁，然而完颜氏人虔诚地敬奉着、守护着，细微之中可见真情，历史虽然无声无息，这无声息之中蕴藏着浓浓的民族真情实感，在完颜氏人心目中有根有据，有声有色，祖宗血脉，祖祖辈辈延续到今天。

无巧不成书，无奇不成戏。让外人难以揣摩的，在碑子坟西侧有座温家坟，东侧有座吕家坟，这两姓人均居住在水泉寺村，人们称为"温将爷"家和"吕天官"家。据说二十世纪四十年代每逢过年和清明，上坟的人群络绎不绝。我于十年前曾到水泉寺村访问过几位老人，他们异口同声地说，听他们的祖辈说，很早以前他们的先祖是给完颜氏皇帝站岗放哨的，后来到了泾川，这一说法与画像完全一致。前三四十年大搞农田修建时温家、吕家坟墓被推平。

八百多年前完颜亨蒙受诬陷而死，为躲避后面的兵丁追赶，埋葬时可能是简单地火葬了，其后平反改葬才敢于树立石墓碑，但无文字，可知当时后裔们用心良苦。当时南有南宋的征战，北有蒙古战乱，内部形势也变幻莫测，残酷的征战，诛灭九族的现实，使后裔们以无名氏墓碑来改葬完颜亨，恰到好处。完颜家族供奉的祖先影像画正中部位就是完颜亨画像，从右侧画有亲臣温某某，左侧画有亲臣吕某某字样不难推测，芮王的亲臣们死后也同葬于一个墓地，并排列于左右两侧，这是顺理成章的事。

从完颜家族民风民俗中多方位反映出，这一女真群体，在特殊环境中形成了一种巧妙的隐蔽、回避真实身世的技巧，与汉族共同生活磨合了几百年的完颜人，自己不提是女真人，汉族人也明知他们是女真人，彼此都不挑明，左邻右舍的人也熟知完颜人忌讳"岳飞大战金兀术"之类戏曲，他们也格外注意，友好相处，不轻易伤害他们的情感，尊重他们的民族情感。如逢年过节完颜人总要悬挂祖先影像神，画像上自完颜阿骨打，下至完颜承麟、完颜承晖，完颜人对祖先如神灵一般敬奉，上香、烧纸、叩头。而来了汉族同胞，他们也同样烧纸、叩头，敬"皇神"，彼此心照不宣，世代年复一年执着地守护着碑子坟这个古墓，从不张扬外传。在漫漫历史长河中繁衍发展，这是满族人固有的民族素质、民族感情所在，与汉族同胞同舟共济，让外人很难诠释他们的民族情结和深厚的历史渊源。

第四章　完颜氏民风民情及宗教信仰

多方观察，泾川完颜氏族的心理素质、婚丧嫁娶、生活习俗均具显著的满族特征。他们从一一三八年至今与本地人共同生活了八百多年，由于长期相处、磨合，局外人很难窥测出他们之间的不同之处。诚然民族融合，互相取长补短，这是历史发展的必然规律。一个氏族的民族特点在风俗习惯、宗教信仰等外部表现方面最容易观察，而蕴藏在内心世界的心理素质、民族感情、风俗习惯比较隐秘。我所讲述完颜人的风俗习惯、宗教信仰是祖辈一代代传下来的，也是自己亲身体验得到的。

泾川完颜氏族人，在八百多年的历史发展中，从贵族到土著，从兴旺到衰败的沉痛过程，饱尝了民族歧视的苦难，为了生存有些人隐姓埋名，改换民族，以免遭杀身之祸。因此，老人们常常以能够保全完颜姓氏为荣耀，以能供奉十二代祖宗画像为满足，使自强不息的民族精神世代相传。在日常生活中，人们在闲谈时，不免有人会提出究竟岳飞好，还是金兀术好的难题，老人们总是婉转地说："亲兄弟之间也难免有争执，他们都有长处，也有不足，只要在自己的领地内争执，不卖国求荣，能够保全国家疆土完整，谁取胜都好……"

满族人将女真人粗犷豪爽、勇敢坚定的性格和生活习惯固执地承袭了下来。每到祭祀、跳神、庙会、耍社火等集体活动时，大家一见面亲密地狠打互骂，你推他搡，捶胸抱肩，热烈地拥抱，扳手摔跤；他们坐着如钟，坐下似墩；若碰上对手，双目圆睁，摩拳擦掌要求摔跤以试高低，非要摔上几个回合，才可捧笑收场。

老人说，这是我们女真人经过八百多年的历史变化仍然保留、延续下来的民族情结和风俗习惯，一定要珍惜并接续下去。

我们完颜人从大东北来到大西北，生活上发生了很大变化，可是在婚丧嫁娶、饮食服饰与生活习惯上没有变化。完颜人在泾川这块沃土繁衍生息八百多年，至今还保留同一完颜氏不婚配的习俗，完颜人认为同根同族为自家人，正由于这种良好的婚配习俗，才造就、繁衍出一个健壮强盛的民族，使泾川村在民风民俗和宗教信仰上保留了女真人的一些特征。

一、完颜氏独树一帜的民族风情

（1）喝酒划老疙瘩拳

在我们泾川完颜村过年过节，喜庆之时，喝酒划拳，常喜欢划一种老疙瘩拳。"老疙瘩"满语为黄扬古，即最小的小兄弟。喝酒划拳，两人或多人先盘腿席地正坐，有几个人先斟满几杯酒，大家共同高唱："满满的呀，斟上酒呀，酒三杯，我与我英雄某某啊，争啊，争高低，第一杯酒要敬给长辈（长白）老祖宗，第二杯敬给真诚（征程）银术可，第三杯咱俩（咱们）干上干。"开始每人喝干一杯酒，在喝毕一轮后，紧接划输赢数字拳，谁输谁喝，高潮迭起。当情绪高涨时又唱："一马车啊，三马拉，上面坐着三朵花，金花、银花和梅花。老疙瘩呀，老疙瘩，左邻右舍把你夸。喝完一杯我再夸。"对方立即接连对唱："我的老疙瘩呀，老疙瘩，父老兄妹把你夸。"互相奉承抬高到顶峰极限，如："朝廷上下把你夸""玉皇大帝把你夸"，迫使对方无词对答时再伸手指划对数字拳。

老疙瘩拳类似于螃蟹拳，为调和饮酒气氛，加入唱词和曲调，证明满族人无论走向哪里，都不忘发祥地长白山，不忘南征北战中的英雄汉，不过泾川完颜氏在特殊环境中培育出一种因隐蔽的怀旧思乡的巧妙方法，将"长白"改"长辈"，将打仗"征程"改"真诚"，这种隐讳的回避事例在日常生活中甚多，说明民族心理素质、民族情感蕴藏于内心，为活命、为生存，势在必行。完颜氏在安定（泾川）居住数百年，与当地各族同胞友好相处，谁都不说谁是什么民族，满族自己不说是满族，别人也不提完颜氏是满族，大家都心照不宣，只是不点明罢了。这说明在漫长的历史潮流中，满族的民族意识、民族素质、民族思想感情、认祖归宗的愿望多么刻骨铭心。

（2）戏说完颜人好饮酒的乐趣

酒趣感怀。完颜村人能喝酒，好喝酒，同时家家户户自己酿造酒，当地人称为"完颜老酒"。我童年时每到九月九日，父亲总要让我上山采摘黄菊花，拿来用于酿制酒的酵母块，在过年前的两个月，太奶、奶奶、妈妈、婶婶们用菊花曲块再加黏谷米就能制出甜美醇香的老酒。我至今只知道酒好喝，却不懂如何制作。每逢过年，喜庆之日，大人总要饮酒欢聚，娃娃们凑近在一旁看热闹。有时大人为逗小孩取乐，骗我们抿一口烧酒，顿觉满嘴麻辣、苦涩，一股热气直刺咽喉，一时气喘吁吁，急忙跺脚伸舌，流鼻涕、掉眼泪，头摇不停的狼狈相，引得人们一阵捧腹大笑。从此，我认定烧酒不是好东西，饮酒者非狂即痴。可是，随后天长日久，慢慢越喝越爱喝，直至二十世纪五六十年代，我们村已不知道酿制完颜老酒的方法了。

我小时候，邻村不远处的十里铺，就有一家高粱烧酒的作坊，每当麦子打碾完毕，人们习惯三五家合伙打碾麦草，除收拾些"罢场"麦子外，便是要垒打麦草垛，这算夏收告终。这时，家人会用喝酒款待邻居街坊，于是让我挑着两个牛头大瓷罐去烧酒坊用高粱或小麦换酒。烧酒坊的人热情大度，端来一碗清澈见底、香气诱人的烧酒来，非要顾客喝完不可，据说这是烧酒坊从古至今以来铁的规矩。这酒确实是香甜适口，不辣也不涩，我便一饮而尽，烧酒坊的人们热烈鼓掌并竖起拇指，之后殷勤地送我出了门。不一会儿，我两腿发软，心里明明白白，知道家人等酒待客，却肩挑两瓷罐烧酒，摇摇摆摆，走三步退两步，浑身发热，心中涌出一股难以名状的莫名其妙的兴奋感觉。眼前闪闪晃晃，一片虚无缥缈的奇怪感觉涌上心头，浑身似乎有使不完的气力要奔腾而出，对天高唱狂笑，对地奔跳挥舞，心中似乎有压制不住的话语要宣泄出来。肩上挑的两个大瓷罐，轻松地悬吊在空中任我随意摆布、摇晃，这东西就像我随心所欲的小玩具，这是我有生以来最奇妙、最愉快的一种感觉。不知是如何回到家的，两罐酒只剩两个半罐，大家见我这种狼狈相，满麦场的人哄堂大笑："没甩碎瓷罐，才算万幸。"随后才知晓刚烧的酒，未经入窖发酵，是香甜的，但喝了容易醉人，这就是好酒需要陈年发酵酿造的道理，这也许是烧酒人非让你喝一碗酒不可的缘故。

酒能醉人，亦能悦人。会喝的人，以酒为乐趣即为酒中之豪杰。酒至三分则尽得其中神趣美韵，过则难免露出丑态。人生一世，草木一秋。亲朋相聚，人生幸事；觥筹交错，世间欢欣。纵论天下事，举杯豪饮；博论人间奇闻，开怀尽兴。饮酒是男人生命里乐中之趣，尤其生活在少数民族地区草原上的人们更难离开饮酒，以酒当歌，往往是将山歌融于酒中；好酒似火，酒中渗透出浓浓的暖意。完颜氏老人们说，祖宗先辈们，冬天放牧酒瓶不离怀抱，放牧喝酒唱山歌，作战空隙饮酒可壮志壮勇。酒如人生的色彩，酒价有贵有贱，醇度有高有低，清淡如山泉丹青，或浓烈似火，全能快意恩仇。酒是勤劳的女真人从五谷杂粮里提炼出的琼浆玉液。

完颜人进入中原后虽然还是喜欢饮酒，但是大不如古时候了。真正酒场一般多为社交，也难凑够清一色的酒家，一般不乏醉翁之意不在酒，仅捧一杯在手，高举浅呷虚晃之人。酒喝到一定量，便恍恍惚惚、人人平等，一身轻盈无束，唯真酒兴才能呼扯起帅旌，真酒量才能居主角，拳高肚皮大的真酒家可以闪烁一时的光辉，具有酒场权威性，能叱咤风云，为酒家风貌。

老人说："现盛行的是行令划拳，争高决低，轮流坐庄才是酒场真章，暂议个规则和监酒司令，罚酒逼酒，输酒不输人，为酒家真趣，酒醉心明，输赢全在心灵眼快，功夫全以手指为准则。让一切推托难成理由，所有辩驳不足谅解，任你聪明抵赖不称其幽默，酒场体现了女真人认真率直、宽容大度、有章可循、无理可喻的原则。完颜老酒有神奇功效，喝了酒，浑身是胆雄赳赳，一身轻盈自由纵横，纵然有千般失态万种不妥，只落入怀里乾坤，无损立足人世的尊严，酒上脸任他喜怒哀乐，如粉墨登场超脱一回，族人一概豁达不究。"

我们完颜家族人，从八百多年前，随守护芮王完颜亨和金末代皇帝完颜承麟陵墓，迁居至甘肃泾川县九顶梅花山下隐居，在悠悠漫长被历史长河阻断的间隙，从外窥视满族人的习俗特征荡然无存。然而，在喝酒划拳时，满族人古老的老疙瘩拳独树一帜。始终将醇香美酒融入嘹亮歌声之中，喝酒必须唱歌，唯有这千年酒文化才将满族古老的习俗得以留传至今。

（3）跳神

完颜人在每年农历三月十五日、七月十五日和十月份，会分别在圣母娘娘庙、三圣宫庙里跳神或唱大戏，热闹非凡。敬奉的三圣、五圣、圣母，人们不清楚是何许神灵，但是完颜氏老人都把泾川县营门上来的客人，称为是圣母娘娘的娘家人。营门上娘家客来临的那一天，正是庙会的高潮。旧时营门上圣母娘家客人要代表朝廷赠予丰厚的银两，这批馈赠足够下年度跳神、唱戏、耍社火和办学堂的花费。

跳神在泾川县的完颜村和毗邻的几个村庄广泛流行，每年春天、秋天各一次。春天庄稼发青时请来一帮叫"法师"的艺人，手持圆形羊皮鼓，手鼓把柄上有几串铃环，打击时鼓声咚咚，与鼓柄上铃环叮当节奏一致。身穿燕尾式长夹衫和五彩布条裙的法师，左手持鼓，右手持鞭，边打边唱，载歌载舞，演奏时随着跳神项目、内容的不同，鼓乐节奏、音调变换多端。左手持鼓，有抖、摇、擅、翻、磕等技巧动作，还可摇铃环，不停击打。用右手击鼓，有点、弹、扫、滑、磕等，还可停顿击打。还可以单手单拍腾空旋转玩技巧。唱的曲调随内容而变化，有欢声、怨声、叹声。

跳神一般要进行两三天，白天有"请神""迎神""曳神""卜卦""送神"。最为激烈精彩的要算"曳神"。法师手持羊皮鼓有节奏、有音律地边唱边摇，打着皮鼓，其中一个法师要在猛烈的鼓乐声中手拿麻鞭在自己脱得精光的腰部缠打，鞭声越大、越响亮越受欢迎。接着要从嘴里左右两腮下钢钎，从腮帮外能看出铁钎尖，最精彩。还要跪在桌子上在急促的鼓乐声中手持小刀在背肩中间部开刀，要流出一些鲜血，渍红提前制好的小白纸三角旗，然后用刀杀一只大公鸡，鲜血也要淋在小三角旗上，分发给各庄户，播进庄稼地里，叫"祭庄稼灭害虫"。

跳神敬拜时，要请出圣母娘娘，由许多人抬着圣母娘娘游春踏青。人们往往假借神威，四处奔跑，似乎神灵不愿回殿，这时由长老、社长跪拜上香，嘴里念念有词，请安、回奉、许愿，请圣母速速回宫。完颜村大凡五六十岁以上者均抬过圣母娘娘轿，玩过游春踏青的活动。

（4）跳娘娘神

晚间跳娘娘神。男扮女装，吹、拉、弹、唱各种民间小曲小调，尤其值得一提的是一位叫王谝的角色，很类似现在马戏团里的丑角，又类似相声演员，有单人演说、双人演说或三人演唱、四人演说。所谓辩说，就是互相挑逗，一问一答，内容多为古今名人逸事和喜闻乐见的民间故事，宣扬真、善、美，鞭挞假、丑、恶，对古典文艺方面曲词戏文全部按原文演唱，很少加以编排，多半是信口演唱。而对当时社会重大历史事件，也可从跳神的法师嘴里唱出来。晚间跳娘娘神中的王谝会形象地编演一些激发向上的、揭露阴暗时弊的、为民打抱不平的小段子，褒贬分明。如至今村民还传唱说的台词，"道光登基十四年，全国兴起鸦片烟，古灯纸罩子，坑上没席铺帽子……大人抽、娃娃闻，剩下妇女穷断了筋……"这类台词在跳神、耍社火、唱大戏等活动中广泛传唱，深受群众欢迎，反映了当时人们精神情绪和社会风貌。

王谝演唱随机应变，就地即兴编演，如"这次来跳神演唱，吃了你们饭，拿了你们钱，明年才能见，我若不把大嫂、大姐、大妹子谝一谝、演一演，你一年吃饭不香、睡觉不甜，还要骂我无能的王谝"……这些自编自演、通俗易懂、顺口流利的演唱，现在还广泛流行于泾川县城周边的村庄。

法师艺人都聚居在城郊区叫子房湾和炉子嘴的村庄。四五十年前是一姓梁的和刘根根为班主，近年有位姓史的，叫史师四郎的人。他家住瑶池沟，他们家有祖传的法师跳神的脚本资料，还供奉祖师爷神龛神像，正中供奉一只鸟，群众称为燕蚱蜢的鸟，它的学名叫灰椋鸟，专吃害虫。两边条幅为"蚂蜢大王"和"仔房娘娘"，当地群众传说只要听见燕蚱蜢鸟叫，害虫就没有了。因此，每年的农历三月十五，春季跳神主要是祭天、祭地、灭害虫、祭庄稼、祭祀祖先。

（5）耍社火

过大年，耍社火和我国其他地区农村并无两样。每年正月都要耍，而完颜家族社火与众不同的是社火出坛和收场均要祭祀祖先影像。如腊月初八过后，便是过年的序幕。相传以前有个满族长老，仗势欺人，坑害百姓，常年挨家挨户要吃要喝，满族百姓敢怒不敢言。有一年的腊月初八这天，一个叫乌津拉的农民想出了好主意，他用糯米、黄豆、高粱、红糖和几十种干果煮成粥，请长老去吃，族长一看就生气了："是什么东西啊，稀里吧唧，黏糊糊的！"乌津拉灵机一动，便告诉族长这叫"腊八粥"，族长听到这般不顺耳的饭名后，气哼哼地走了，此后不再挨家轮吃。可是大伙儿一吃却分外香甜可口，人人称赞，满族后人为纪念乌津拉的聪慧，每年农历的腊月初八这天都要煮顿腊八粥吃，先祭祀祖先。

耍社火是一项独具特色、保留鲜明满族风貌的祭祀活动。每年正月初五以后耍社火的男角，头戴红缨帽，身穿长袍短褂，女角脚踩木底鞋（七寸子），高度三至五寸，表演喜闻乐见的具有东北韵味的小曲、小调，内容多为金代和后金汗王的趣闻逸事和民间故事传说，尤其扮演成年妇女角色的演员头发上要做一种特别复杂的头饰，叫作高翘龙盘头饰，现在已无人会做此头饰了。还有各种武艺，如连环棒武打，有一节环、两节环或多节环的，耍起来既有声响又有节奏，平时可防身健体，观看表演时叫人眼花缭乱。据传完颜村的社火从古至今在泾川县为独一无二，从内容到形式都与众不同，服饰行头、衣物道具都独树一帜，除长袍短褂外，如妇女穿着的套裤，至今甚为罕见，适合老人穿，深受人们称赞。

社火出坛、收场都要敲锣打鼓、放鞭炮，祭祀圣母娘娘神灵和祖先影像。

（6）唱大戏

每年农历的七月十五为敬奉圣母娘娘而唱戏，上香朝拜。唱戏内容除绝对不唱"岳飞大战金兀术"的戏外，其余随意。而值得一提的是无论唱戏、跳神或耍社火等活动，都要拜奉圣母娘娘神像，除正殿上方塑有圣母娘娘像之外，另外还有一尊完全相似的圣母神像坐在一辆华丽的轿子(外形很像凤辇)里，每逢朝拜之日，总要由四名身强力壮的大汉抬出，两旁有四名身体强壮的大汉帮轿者叫"拜四方"，向东拜长靠的(实际为长白山)列祖列宗，向西拜出关的英雄，向九顶梅花山拜芮王坟(韩王)。传说圣母娘娘原是金兀术的三妹白花公主，后坐化于九顶梅花山。这顶轿子是她从关东来九顶梅花山乘坐的，因此修庙以后，专制轿子供奉神祇。

完颜村在陇原乡村，本来一年四季除田野的庄稼给人阵阵生气外，眼前灰黄的沟壑峁岭纵横，严严实实地阻断了视线和听觉，寂寥得死气沉沉。唯一使人兴奋的就是农闲时节，各处常有庙会，唱秦腔戏。与各个庙宇敬奉的神灵不同，祭祀日期也不同。由于长期以来靠天吃饭的缘故，人们认为地方神灵代表上天，唱戏是对老天的敬意，会求得风调雨顺，五谷丰登。生性豪爽的完颜人，不唱秦腔深感食无甜味，衣不觉鲜，生活更缺趣味，更觉愧对"尊神"，于是一些完颜氏爱好唱戏的人们，在四时八节逢庙会时，便敲锣打鼓拉胡吹笛，粉墨登台大显身手。在当地最为热闹的大戏是完颜村圣母娘娘庙的大戏。

沉闷的完颜氏山沟峁岭里的人们，一听哪圪垯要唱戏，耍时间十里八村便热腾起来。本村人要提前几天磨面碾米，买菜割肉，赶车登门请亲戚；外村人扶老携幼，成群结队翻山越岭涌来；生意人纷至沓来，占领黄金地段摆摊设点，餐馆饮食业家修炉盘灶，搭篷摆桌挂起各种风味小吃的招牌幌子；烟酒干果更不错过商机，和气生财各自皆有高招妙技，各显神通，经济利益在山沟旮旯里竞争得如火如荼。

再看戏场里人头攒动，人声沸腾，挤得水泄不通。满戏场油香味、旱烟味、五谷的醇香味四溢。墙头屋顶，土堆堆、树杈杈，娃娃们精光光的身膀如小猴子般，凡制高点都有人盘踞。台前最先到的是披棉袄戴墨镜，手拿旱烟锅，抱孙携子的老者；后边多是年轻小伙、媳妇、姑娘们。他们虽大字不识几个，却都能津津乐道讲出"姜娘娘抱火斗""梅百抱火柱""秦香莲闯宫""白石刚打砖""王宝钏剜菜"的戏文内容。台上演员尽心尽力绝技迭出，台下掌声震天，会看的看门道，不会看的看热闹，大人小孩，男人妇女，各人所好不一，其内容多为"奸臣害忠良，相公闹姑娘"或"落难书生中状元，欢欢喜喜大团圆"之类。秦腔戏它包容前秦、后汉、盛唐、宋、金、元、明、清二十四史之纲，结合民间传说演绎古今传奇经典。完颜人八百多年来深深受到戏剧的教化——诱人行善、净化心灵，如完颜芬芳、完颜玉珍、完颜玉芳、完颜琪麟等人。现在完颜村民大多爱唱戏、爱看戏。可是不看"岳飞大战金兀术"之类的戏曲、曲艺，八百多年来已成为村民的自觉行动。

（7）初新、迎春、踏青

每年正月初五至初九同样会将圣母娘娘凤辇请出庙宇，选一平坦宽广的草地，面朝东停放，阖族老幼皆焚香敬拜，敲锣打鼓放鞭炮，叫"初新"。刚过罢年，万象更新，求圣母保佑五谷丰登、平安吉祥。阖族长老、前辈跪最前列，向圣母敬奉默念，这叫"回奉"。专由有文化、德高望重的老人向神灵回奉，异常神秘，双手焚香叩拜，连连叩头，嘴里念念有词。回奉只能看见嘴动，不能听清，否则要招来杀身之祸。

我从儿时曾对长老做回奉深感不解，曾经神秘地探听过究竟，但老人们总是推诿地说："娃娃们，只要你们将来好好读书学习，就会明白其中的真谛。"回奉用途很广，过年祭祀祖先影像神、跳神、唱戏、耍社火都要由长老回奉一番。而其他庙宇也有向神灵许愿、还愿、乞求保佑之类的回奉，大都高声朗诵，能听清声音和内容，唯独完颜家族向祖先影像和圣母娘娘的回奉被蒙上了一层神秘的面纱。

中华人民共和国成立后随着党的民族政策的贯彻执行，这回奉的神秘已被诠解，回奉就是为圣母娘娘请安，颂扬圣母历尽艰辛，从千里之遥的关东乘轿辇来到中原，坐化于九顶梅花山，为保佑阖族弟子吉祥安康，告慰芮王冤魂，恩德齐天，有求必应。族长老借助祭祀活动，发泄内心怀宗念祖的民族情感，先人影像、圣母娘娘已成为完颜家族神圣的精神寄托。

圣母娘娘乘坐的轿辇，更独具特点，叫轿子，因为有人抬的四根轿杆，轿杆下部挂着画有车轮的黄布，人们尊称"圣母凤辇"。据传，圣母受列祖列宗重托，乘此凤辇从关东到安定（泾川），坐化于九顶梅花山上，而这山脚下有葬完颜亨（芮王）的陵墓，左右两旁有两道深沟，叫"水渠沟"，传说是圣母为众弟子生存，以她滴滴泪水点化凝聚而成的，常年潺潺流过完颜氏两个村庄。若遇干旱少雨时，也要焚香敬拜，回奉圣母大慈大悲，滴泪成雨，拯救众弟子。此处可谓当时安定的一方风水宝地，而安定又正是八百余年前宋金争战三十余年之久的古战场，最终金兀术取胜。

传说中圣母娘娘在此坐化便顺理成章，民间至今还传诵："九顶梅花山，十二朵连环巅，中央坐尊女大仙，芮王冤魂笑升天。"似乎此山颇为神秘奇特，然而只是因山势蜿蜒九曲，恰似一朵梅花形状而得名，正可谓"山不在高，有仙则灵"。从中映托出完颜氏守陵人的民族意识、思想观念。如像每逢初新、迎春、踏青，圣母娘娘的轿辇起驾和回庙均由四人抬、四人帮，分抬方与帮方，皆为两个家族或两个庄园，或者壮年与青年两组，随意组合成为一次驾驭轿子游戏，实际是双方私下较量体力、能耐的竞赛活动。当抬轿者不愿回庙，向四野奔跑，看帮轿者一方有无能耐驾驭轿子进庙；或者抬轿者佯为圣母神灵意愿，就地不动，看对方能否启动轿辇向前行，这样反反复复比试，还是请不回去，原地不动，或继续四处奔驰不止时，双方已比出了高低来，当双方势均力敌时再由长老回奉，口中叨念道："不孝众弟子，敬奉圣母娘娘欠周，赦免弟子罪过，来年×月×日定唱戏、跳神，从即日起办社火，为圣母掸尘披红，重塑金尊……"这样圣母轿辇顺顺当当回庙，耍社火的日期已选定。借助这种活动比试气力、武功、计谋、能耐的竞赛活动，唯完颜家族独有，为满族人祖传。

（8）完颜村门上的柳抱槐

陇东黄土高原的家乡，一道道河川、一座座坪坝、一排排峁岭、纵横的沟壑，在塬坳里的村庄前面，都有特别高大的老柳树、榆树、椿树、槐树、核桃树，像老人似的静悄悄地守护着他的子孙们。这些老树十分高大醒目，往往成为这个村庄的标志物，倘若遇上远道而来的客人问路，可告之"在那棵大树处"。不少村庄便以老树而得名，以老树名扬十里八庄，老树多扎根于十字路口、打麦场或水井旁边。

完颜村庄门口，以前有几棵大柳树和核桃树，当年它确实是村子的骄傲，旁边是已有八百多年历史的完颜老井，不远处的泾河岸上便是完颜桥、完颜坪、完颜村、完颜坟墓。这些不算是文物的地名，俨然成为如今人们探索"神秘的完颜部落"历史踪迹的一根脉络和线索，与我的童年有着难解难分的情缘。

我记忆犹新的就算村口这棵大柳树，它的周围足有两个碾盘粗，五个人手拉手才能合拢，老柳树的枝杈已经干枯了，年年秋天向下脱落一层厚厚的干枝叶，人们用扫帚扫成堆，供过冬用。虽然老柳树许多枝杈已经干枯，可是在老柳树周围的树皮缝隙里却顽强地挤发出一簇簇茂密的新芽、新枝来。最奇特的是树的中心部位已腐朽成了空洞，而空洞里已尘土沉积，藏污纳垢，成为长虫（蛇）、老鼠、蝎子、壁虎和各类甲虫共生共存的乐园；成了黄鼠狼、野猫、狐狸觅食的最佳去处。老柳树空心里久而久之繁殖出了槐树、榆树和各类桃杏树，更可贵的是倔强地长出几棵绿茵茵的松柏树来。

完颜氏老人们说："听祖辈传承，女真人不知为什么崇尚柳树，走到哪儿都要栽柳树。""柳抱槐，贵人来"，"柳抱松，有福星"。可是多少朝代，斗转星移，朝代更迭，人们头顶烈日，面朝黄土，从未见到有什么贵人和福星光临驾到。不过每年春天来临之际，老柳树上不同形状的树叶先后吐青芽，各色花朵先后有序地依次盛开，远远眺望如一个硕大而耀眼的大花瓶，招惹来人们好奇的目光。

树梢上被鸟类筑了上百个巢窝，密密匝匝如同结了一树黑色的繁果。邻近村子不乏也有大树，但不知为何鸟儿们偏看中这里，所以引起外村人的羡慕。有人悄悄说，这恐怕是"仙地神树"吧。所以，完颜人每到年节、喜庆、祭祀时总要到老井上、大柳树前叩头、上香。

（9）小孩玩"战马攻城"

女真族是马背上的英雄，驰骋疆场厮杀战斗的历程，经过几百年的演变发展，已成为完颜村小孩最喜欢玩的游戏，它叫"跑马城"，也称"连环战马攻城"，它的场面宏大，深受青少年的喜爱。

在一宽阔的场地上，画一城堡界线，城界内再画一条内城界线，分甲、乙两方，双方参加人数相等，四五个人手挽手、肩并肩组成战马样式，战马上坐一个叫作"将军"的裁判，在内城正中发令，要求双方第一回合，从内城起跑，双方绕城外跑一圈，谁先进入内城圈线，为首次优胜者。胜者才能进内城做防守准备，败者在城外线做攻城准备。

第二回合是战马攻城的高潮，当裁判一声令下时，双方交战前要互相叫阵、提问、作答。城内守方说："野猪岭，战马城，城门开，攻进来。"城外攻方："快开门，快开门，不开城门我要攻。"城内守方："你是哪方英雄汉，来攻我城为哪般？"开始语气温和，逐渐互相叫板，如此来激发斗志。这一过程实际是双方在布置兵力，利用时机、地形制服对方。这个环节可以培养儿童英勇顽强、运筹帷幄的本领和不可缺少的文才韬略。当双方激烈交锋开始，攻方猛向内城推进，守方向外推搡，以此比拼双方实力。

判定输赢：只要一方占据内城，无被对方拉下马、摔倒，"战马"完整无缺，最后能从内城向围观者跑一圈的组合为胜。这一游戏规定只允许坐上"战马"的"将军"用手，其余做战马、战车的人用脚前进或后退，违者犯规。参加游戏人数不限，只要双方相等即可，可以连续多次进行较量，但要求两队领队的"将军"要互相从对方人群中点兵点将，挑兵挑将，重新组合，再次进行交锋。

在点兵点将中存在许多计谋和战略战术。双方人员排一队，由领队互相提问，对方要对答如流，随机应变，否则要人一方有权可强制拉走他所需要的人。或者可以提问、对答，寻找借口堵住对方提问，不给对方找借口的机会，但必须幽默滑稽，巧妙堵住对方要求，使对方无隙可入。如说："我要虎虎娃。"答："他不在家。"问："他到哪儿了？"答："上白山了。"问："白山在哪？"答："雪盖了。"问："雪在哪？"答："化水了。"问："水在哪？"答："流进河水里了。"问："河水在哪？"答："和泥了。"问："泥在哪？"答："泥墙了。"问："墙在哪？"答："猪拱了。"问："猪在哪？"答："刀杀了。"问："刀在哪？"答："（很生气）刀头给铁匠了，刀把给木匠了。"这一重新组合是双方领队的计谋、组织、能耐的大较量，是最终取胜的关键所在。

"点兵点将"是双方轮流公平挑人员，一次一个人直至最后，如果哪一方领队计谋高超、口才流畅、问答得力，便可随心所欲地挑选到勇猛强壮的人员，这里充分显示战争中策略、智谋的重要性。这是女真族千百年的习俗，在甘肃陇东完颜村传承了下来。

二、完颜氏祭祀活动"叫冤会"

在很早的年代里，我们完颜氏的说书老先生经常利用农活空隙和过年过节或族人聚集的机会，绘声绘色地给大家讲述："在遥远遥远的从前，那暴怒的天神用雷电轰击着无依无靠的人们，狂风撕毁着林海中的帐篷和草原上一顶顶毡房及大片大片的庄稼，那大火贪婪地吞噬了所有猎物，瘟疫夺走了人的生命和牲畜，痘疹魔神在孩子肌体中播下天花毒种子，那天灾与疾病折磨得人们生不如死。人们为了生存下去，古人才请神、求神、媚神，渴望天神救济，解脱苦难中被扭曲了的精神。"

人们熟悉的萨满教是我国北方满、蒙等民族最常见的宗教信仰，在东北辽阔的黑土地上顽强地传播、发展，继续存活在人们心中。在西部的甘肃泾川县完颜家族聚集村庄，左右比邻地域神秘的萨满文化流行传播，这一变异了的宗教文化遗迹，现今很少为人们所知道，很少引起人们的注意。

完颜家族于二十世纪四十年代前曾经流行一种祭天、祭地、放仙鹤、放神马、敬黄神，名为叫冤会的萨满宗教活动。这一宗教文化流入泾川县已有八百多年，源远流长，影响较深，崇尚天地大自然，信奉飞禽走兽，多神的原始宗教古俗还沉积在我的记忆里。

九顶梅花山传奇。泾川县向西北五公里处有座九顶梅花山，据说圣母娘娘坐化于此山峰，山下就是完颜家族聚居的两个村庄，乃是金朝完颜宗弼之子完颜亨（芮王）和金朝末代皇帝完颜承麟的陵墓，后裔守陵者，他们在八百年悠悠历史长河变迁中，默默地从贵族步入土著，现已繁衍发展至五六千人口。这是满族血统的群体在甘肃省唯一聚集地。与这两个完颜村庄相毗邻向东西延伸共有十个村庄的汉族村民们，中华人民共和国成立前他们曾经和完颜村共同举办一种广泛盛行的规模宏大、热闹非凡的群众祭天、祭地的祭祀活动——叫冤会。

从叫冤会活动的全过程不难理解，这是满族萨满教内容融入我国中原地区盛行的道教、佛教某些形式、内容的祭祀活动。其与这批来自北方的满族人定居在此，当时所处历史环境、时代背景有关。他们是皇家后裔，正处于汉、蒙、西夏等民族矛盾激荡的旋涡之中，要在泾川（安定）驻留，繁衍生息，就必须学会当地的各种文化、宗教活动，以此寄托消灾避祸的愿望，适应自我需求。然而完颜家族供敬圣母娘娘，祭天、祭地等祭祀宗教活动，也被当地汉族人所接纳和利用，圣母娘娘庙里也请进了在陇东地域医疗病疫救民的恩人皇甫为客神，大家共同敬奉。

设立经堂。完颜家族以东西两个村为主，向西有炉子嘴、仑店、祝家庄、刘家庄四个村庄。向东有杨家店、胡家沟、阳坡、曹家河湾共十个村庄。时间为每年农历的十月份左右，正好是庄稼收割打碾完毕，农闲时期举行。

活动组织者是每个村庄的长老、会长，只要是德高望重、家境富裕被尊称为老会长的人，对本叫冤会活动热心，对叫冤会敬奉的神灵虔诚，皆可参加。三年一轮，分"悼叫""皇叫""花叫"。从"悼叫"开始第一年，第二年"皇叫"，第三年"花叫"。只要国泰民安，风调雨顺，由各村庄老会长循环轮流，接替举办。"悼叫"和"皇叫"为一般活动，在操办上以清雅、朴素为主。唯三年一遇的"花叫"最为隆重热闹，它包括有以上两叫活动的所有内容。推举接会的操办人一般要在老会长中挑选名望最高、家庭经济条件富裕的人家。

主会者请来一帮叫道师的专司主持人员，身穿道袍，头戴道帽，有七八个人，前四五天设置经堂，道师用各种颜色的纸张，做神态各异的天马和仙鹤、神鹰、神鸟，摆设于经堂四周。做的纸旗、纸幡有长有短，上书："皇恩大赦，天下太平。"经堂供桌上陈设各式各样的祭器、香碟，四周悬挂用各种颜色纸书写的条幅、旗幡、横幅，正堂供桌上方悬挂玉皇大帝、灵宝天尊、太上老君，以及两面用黄帐帏相隔的王母娘娘、圣母娘娘之类神位，神牌下摆设各式各样纸剪的天马、神鹰、神鸟，唯独仙鹤要用细线悬空于正中，在香烟缭绕下，摇头摆动，栩栩如生。在善男信女们虔诚地膜拜敬奉下，活灵活现，似乎将齐天洪福降于人间。看来各路神仙均有其位，各种对人类生产、生活有益的飞禽益鸟均要在此显灵、露面。

制供品，献碟。各村干净利索、心灵手巧、能做各式各样面点的贤妻良母和知名妇女们欢聚一堂，用上好的面粉、清油做各种献品，盛进细花碟、细花碗内，称为献碟。献碟种类繁多，除食品之外，具有深刻含义，最能寄托善良人们心意内涵的就是对人有益处的飞禽走兽、花卉果品之类，如"狮子滚绣球""喜鹊弹梅花""龙飞和凤舞""天马飞驰""仙鹤下凡""蟠桃花仙"……这实际上是一次各村落心灵手巧的妇女们大出风头、各展才能的一次大聚会。

叫冤会期间，不杀牲，不动荤，不用动物油做供品，参与人员食素饭素菜，不动葱韭姜蒜，进入经堂前衣帽要干净。

敬皇神，续皇神。各村庄老会长们，身穿长袍短褂，头戴红顶小帽，头顶香盘，嘴里念念有词，跪在用苇席铺设的经棚地上，不断点香烧黄表纸叩拜。阴阳道师，吹拉弹奏，诵经念佛，恭恭敬敬，迎接各路神仙大驾光临，受纳子弟敬叩，主持司仪高喊上供品、献碟。这时大人小孩排成一队，一人只能双手端一碟供品，轻轻放在供桌上，摆设完毕后，所有人跪下叩拜。道师高奏器乐，大声诵经念佛，老会长们高声千呼万唤："天下太平，五谷丰登，皇恩宏大，拯救万民。"

叫冤会活动正式拉开序幕。阴阳道师在诸位神灵堂前轮流念经文，叩头跪拜。除了敬奉诸神仙外，还要敬供各种神马、神鸟、仙鹤。尤其还要敬供一根很长、很粗，黄颜色合成的一根麻绳，这才称作过叫冤会，敬皇神。供桌上敬奉的那根黄色的麻绳，谁也不知道它有多长。黄绳是用最好的细麻绳合成的，每次用过后要十多个年轻力壮的人精心缠捆成一个长形粗圆捆，抬举到供桌上，这黄绳寓意深厚，谐音为"皇神"。祭祀敬奉天神，求助保佑一方平安，顺合所有百姓心意。完颜家族人更是尊崇祖先，认为祖宗就是神，一般亡灵前焚烧香和纸钱，祭祀列祖列宗，只能焚香烧黄表，凡能列为皇帝一档次的祖先都是"皇神"。

这根黄麻绳据说原先是两根绳合拧而成的，随后按参与活动村庄增加而增续，也称"续皇神"，最后两次活动分别是一九四五年在胡家村举行和一九四八年在完颜东沟——我们家举办。听说这黄麻绳是十根绳子合拧成的，它代表了十个村庄。那么，原先只有两根绳合成的，理应表示当时只有完颜东沟、西沟两个村子。这根绳它记叙着完颜阿骨打的小妹白花公主坐化于九顶梅花山的经历，在此有不少古老而悠远、动情而悲壮的故事；记述着如同治某年某月发生过大地震，民不聊生；道光某年某月间民族动荡，死伤惨痛；等等。听说这条黄绳，在续绳痕迹上可辨认出来，可知续绳的技术相当高超，要牢固又要光滑无痕。黄麻绳便成了"皇神"。

（1）叫冤游会，祭天、祭地

高举诸位神牌，阴阳道师在前，高声奏乐，边走边念经，凡遇庙宇都要朝敬，见到高山、大河、大树、水泉、水井、河流皆焚香烧纸，念经祭祀，驾驶纸马、纸仙鹤、旗幡人员跟随其后，浩浩荡荡，寓意各路神灵亲临百姓之中倾听民众呼声，所到各村庄、各庙宇，该村民众都成群结队前往迎接，高声颂扬"皇恩大赦"，叫苦喊冤的人们络绎不绝。当然也未曾见有哪位神仙受理过人们的苦和冤，可叩拜喊冤枉的人们心中充满了无限幻想和欣慰。当人们叫喊完自己的冤屈以后高高兴兴离去，照旧耕田地、种庄稼。

祭天，除在广阔的平地中心设供桌、供品，树立一根很高很高的通天木杆，上面除挂有天神玉皇大帝尊称的旗幡牌位外，特别画有一幅很大的、特别漂亮的美女头像，身躯为能飞翔的神鸟，尾巴为龙蛇的旗幡。传说这位美女神通广大，她是三形一体的美丽的女神，只有这位美女才能沟通天上、人间和地狱的三方面的关系，就像萨满一样是天上和人间的中介。

游会叫冤时，凡遇高山也要跪拜、焚香烧纸，凡是高空旷野皆认为是天。遇深沟壑、大路桥梁也要祭诸地神、地仙。萨满认为无大地，便无人，地有神灵，人才能生存。传说神鹰为拯救人类和万物生灵，送火种死于大海化作了萨满。原为天上神鹰，意为"神的使者"。

祭神马。满族人历来宠爱马，所以有"马上民族""马上天子"的说法，马与满族休戚相关的典故传说那实在太多了。活动中最多的、最显著的是各式各样、各种体型动态、各种颜色的纸马，这一宗教活动便为各族人民所接受和利用。

（2）吃赦饭，发赐食

早晨天不亮要用很大的铁锅做小米饭，放进清油、青菜，很像腊八粥，叫"赦饭"，谁来谁吃，来者有份，不够再做。小孩子抢着吃，大人边吃边念念有词，不忘皇恩赐惠。白天游会，吃各村庄送来的赦饭，晚上送天神，发赐赦，做一种比较小的馒头叫作赐食，由阴阳道师一边念经，一边向四周扔赐食，人们争抢赐食，据说吃了赐食能消灾避难。

做道场，超度亡灵鬼魂。萨满教认为天上、地下和人间形成三界，人世间的祸福皆由天神和地鬼主宰，为求福消灾，必须祭天神和地鬼以及祖先神灵，祈求神灵庇护人们年年风调雨顺、五谷丰登、平安吉祥。

（3）放"仙鹤"，放"神马"

选定坡度很陡的山巅，山巅有树或建筑物，拴住黄绳。从高山顶峰往下放飞制好的"仙鹤""神马""神鹰""神鸟"，山下老会长带领众人头顶香盘双手作揖，高呼"皇恩浩荡，赐福救民，吉祥平安，皇恩大赦"！山顶上人把绳索拴好后，山下人把绳索拉紧。把"仙鹤""神马""神鹰"的底座上设置木制的绳挂滑轮，底座捆有砖头之类的重物。阴阳道师乐鼓高奏，高声诵经。会长和百姓呼喊，鞭炮腾空燃放，焚香烧表，青烟祥云冉冉升起，腾云驾雾，直冲天空。这时恰为最祥和的吉时良辰，放飞开始了，各种"仙鹤"身上背着玉皇大帝圣旨，沿着黄绳索往下滑走，紧跟着放的是"神马""神鹰""神鸟"。从下仰视，"仙鹤"展翅飞翔，神采奕奕，悠闲祥和地注视着人间大地，盘旋从空中缓缓落下，好像降洪福赐予人间万民百姓，老会长们跪地上前迎接圣旨。这是在放仙鹤飞翔顺利无阻的情景下，人人喜笑颜开，个个心中对未来充满幸福。啊！真是皇恩齐天！

据传说，在几十年甚至几百年前曾经有过放飞"仙鹤"不顺利的事例，这预示着不吉祥之事将要来临。传得活灵活现，此后不久的某年某月发生过战乱，死尸遍地；某年某月发生过蝗灾或大旱，饿死者众多。这根放飞"仙鹤"的黄绳（皇神的谐音）上有其记载的痕迹，未能达到像老会长那样虔诚执着的境界是看不出眉目的，难以解读其中神乎其神的奥秘。

这根黄绳索记载着醮会从小到大之事，绳索由很短很细到又长又粗，它束捆着、连接着民众向往平安吉祥的美好愿景，这根黄绳紧紧连接天上、地下、人间。

放"仙鹤"完毕后，除留几个人收捆黄绳外，其他人都到河崖边送"仙鹤"和"天马"，其中大部分一把火烧掉，个别的放入河水中顺流而远去，带走了人们对未来生活无限的向往和期盼。

（4）跑花城，破迷宫

最后一天晚上要在一片很开阔平坦的田地里，用高粱秆修造四方四正的一座城堡，里面有宽一米左右的通道，每一步插一根高粱秆，秆上设有油灯一盏，各转角拐弯处设有旗帜，用细线绳连接，这一通道有多长？只有老会长和阴阳道师们知道，东、西、南、北、中设有五个供桌，分别表示四个城门和城内中心处。五个供桌上放有供品、油灯，这一工程是按迷宫阵营路途制造成的。四面都有城门，会走的人可自如跑进跑出，不会走的人就会迷失方向。

当天色渐晚，城内油灯全部点亮，各村庄人自行组合，手持火炬，擂鼓助阵，成群结队参与跑花城。场面宏大，灯火通明，真像古战场上的景象，气势威武雄壮，场面杀气腾腾，看哪一队能进出自如，比速度、比智慧、比勇气，它完全是具有军事意味的活动。这是叫冤会活动中最热闹的场面，如果哪一队一个人跑迷失了方向，乱了阵脚，只要一跑错通道就难跑出城门，凡撞倒一根杆就会接二连三拉倒几根杆和几盏灯，这样就导致全城一片漆黑。到这祭天祭地的叫冤会活动就落下了帷幕。

下次接会的人们心里充满无限幻想，除虔诚地抬回黄麻绳——"皇神"外，再无任何物品。这捆黄绳是叫冤会唯一有形之物，是神圣的象征，是连接人心的绳，泄气、解愤的绳。听说这黄绳早已于一九五〇年后就不翼而飞了，至今去向不明。

（5）能联系天神、地神和人间的马角

在泾川完颜人敬奉的神庙里经常见到伐马角。"马角"指能识文断字、脑子灵敏、身躯健壮的农夫中的能人，是凡人受了神灵旨意，疯疯癫癫，手持宝剑，或者手举麻鞭，手舞足蹈，大多数出现在神庙里唱大戏，或者天旱无雨，村民祈求神灵喜降甘露的场面中，马角在众多善男信女的敬仰、回奉下出现，咬文嚼字，伴装向人们传诵天神、地神的意图；也可由马角来传达人们的请求和意愿。这就是人们所说的能联系天、地、人三界的萨满。我小时在王村、章村、郭家庄、四郎殿、圣母娘娘庙诸多庙会上见过这种颠颠簸簸、嘴里神神道道的马角出现在大庭广众之中，村民们都是下跪叩头，洗耳恭听，虔诚敬奉，等待他能上天言好事，回宫降吉雨，拯救万民。

三、完颜村的伐马角

听老人一代又一代传下来说，女真时期的女巫随着金朝的南侵，把萨满教带入了中原。完颜亨的守陵人为祭祀祖先也把女巫带到陇东的泾川大地，萨满教逐渐为汉族所知、所接纳。神秘的萨满教在泾川大地上发挥着它难以估量的影响，泾川庙会上经常出现有伐马角的活动，就是萨满神替人们说事论理的宗教活动，通常能起到鼓励人们团结、奋勇抗拒灾难的作用。

完颜人历来都崇敬大自然，而萨满教的自然信仰观念首先是对火神的信仰。据老人说，很早以前人间根本就没有火，真火存在天上。每年秋季，天神阿布卡恩都力率领八部天神巡视人间，才把天火带来供人们享受一天。只有那一天天火才能照亮大地，人们吃着火烤的野味、煮熟的食物。但是，这一天过完了，天神把全部火种又带回天上，人们又过起了无火的生活。

人们迫切要求天神把火种传下来，天神却说人间不会用火，怕把神创造的世界烧毁掉，才把火带回天上。就这样，人们又过了不知道多少年没有火的日子。有一年，部落里出生一个小男孩，取名叫拖阿，就是"火"的意思。拖阿长大后，聪明勇敢，武力过人，远近千八百里的弓箭手都被他打败了。天神看中了这个小英雄，便召到天上，让他专门看管火库。拖阿在天界虽过着神仙生活，但是一想到人间没有火，还吃生肉，便很难过。不久，拖阿随天神下界，他暗下决心要盗走一葫芦火种给人间。有一次，天神在人间举行大会，拖阿也跟着来了。大会一完，众神都随阿布卡恩都力回天上了，只有拖阿偷偷躲到一棵大榆树上。天神们走了，他才跳下树，拿出了天火。部落中人见到了火高兴极了，向拖阿欢呼跳跃。拖阿教会了众乡亲用火的方法，从此夜间有了照明，冬天有了温暖。这时，从地里钻出了个田鼠，它总想上天，却无机会。一看到拖阿偷了神火，便跑到高山顶上，向天神告密，诬陷拖阿。天神便将火种交于田鼠来管。后经拖阿和人们向天神申辩，最终从田鼠处取到火种，将人们憎恨的田鼠打入了地洞。

完颜人特别信仰天神、地神，每个村庄都修有天神、地神、龙王、土地庙。村民们要在神树上挂着祭祀用的动物，用杀牲取来的鲜血涂抹着巫师或法师的衣裙和神鼓，巫师和法师用癫狂的舞步、鼓点叩击着众生的魂灵。完颜村在跳神过庙会，在祭天、祭地、祭祀祖宗时有阴阳道师、马角分班表演，观看的人们感觉到似乎暴怒的天神就要用雷电来击他们，好像狂风撕毁着林海中的帐幕和草原上的毡房，大火贪婪地吞噬了森林和林中的猎物，瘟疫晃动着人的头颅，咀嚼着数以万计的畜群，痘疹神在孩子们的肌肤上播种下天花，诱使那些幼小的灵魂到另一个世界游荡，人们恐惧和无力，迫使人们请神、求神、媚神，渴望天神能够解救受苦受难的人们。时至今日，在这个世界里依旧有许多人还靠祈求神的恩赐来度生，他们把现实苦难浓缩到信仰中，发出受害生灵痛苦的呼号声。

在完颜氏神话、传说中，有造福人类的大英雄神，也有和恶魔战斗取得胜利的勇士，有为氏族部落的生存与恶魔斗争的萨满和头领，还有马角传来某某神灵的旨意，要人们多做好事，尊老爱幼。几百年来，完颜人都在调动自己征服大自然的潜在能力，但是却难以摆脱依赖神灵取胜的信仰观念的桎梏。萨满世界的全部斗争几乎都像萨满跳神一样，在神灵面前旋转、盘桓，颠颠扑扑，唱歌、诵经，马角替代人们向天神祈求五谷丰登、吉祥幸福。

完颜人原始的自然信仰至今还没有形成自身固定的聚集活动场所，只能在各类庙宇中进行。所以，也不需要殿堂和寺院，它与日常的生产生活相互依存，随时随地都可举行信仰活动。完颜氏老人认为，神灵无处不在、无时不有，如高山、大河、泉水、树木，所以完颜人信仰的伐马角，无论大小活动，时时处处可以举行，很随意、很方便。

完颜人在这些信仰中，起主导作用的是萨满，或者说是伐马角、神婆，或者是德高望重的老会长向神灵做回奉、许愿、还愿等等。他们把所有类似的宗教职能都融于己身，既是天神的代言人，又是神灵的替身；既代表人们许下心愿，又为人们排忧解难。他们中的大多数都是氏族中的一员，并不脱离劳动生产。他们在萨满世界中是人，也是神，他们在放任癫狂的情绪下，用萨满巫术支配着这个村庄的方方面面。

完颜氏老人们说，天地是分为多层的大空间。而萨满教对宇宙天地的构思也是分层的，这与原始人仰望苍穹日月，俯视河谷大地，人和其他动物共同生活的体验相一致。

我爷爷说，相传很久很久以前，天有十七层，地有九层。人住的地方叫地上国，神住的地方叫天上国，魔鬼住的地方在地下，叫地下国。统管天地人间的是至高无上的天神阿布卡恩都力。大地在空中飘着，而天空是有支柱的。萨满教的天，尽管有神界观念，但是直观的天、可仰望的苍穹和"天似穹庐"的说法一致，完颜氏老人理解天是由支撑物架起的顶盖。这层高高在上的盖，隔开了神与人的世界，就需要设法沟通。于是爷爷又讲起完颜氏族中流传的有关天柱子的神话来。他说："原来人间到天上有个天桥，后来人们都顺着通天桥往天上爬，地下魔鬼耶路里也想趁机霸占这个桥，天神阿布卡恩都力一见魔鬼耶路里要霸占，就用霹雳击毁了通天桥，于是来到天上的人们都回不到地上了。阿布卡恩都力又选了一棵最高、最大的树，让人们顺着树干下到地上。回到地上的人只是一小部分，没来得及回到地上的人们，都留在了天上，变成了星星。后来，人们有什么事，就通过大树告知天神，因为树很高，可接近天，天神弯弯腰就知道了。"这就是满族祭神树和立杆祭天的由来。

从这则神话看，高大的神树就是作为天柱的象征，祭天柱就是祭天。在完颜氏族中也有类似天柱的神话，说的是天地初开，山顶中心长着一棵很大的树。这棵树上顶天，下着地，据说像牛一样大的石块要经过五十年才能从天上落到地上。

这种神山顶天的说法与完颜村的九顶梅花山和双塔寺院一样神秘莫测。爷爷接着说："在古时候，有一座高山在开天辟地时直顶天上，挡住了天神进出的道路，天神一怒之下用剑把高山斩断成了三截。但是这座山还不停地往上长，像锥子一样直长到天上，把神墩都刺塌了。后来天神又把它砍为三段，因用力过猛，把天神都累死了。"这则神话把最崇敬的高山说成是天柱，不让它再长高的说法与九顶梅花山只能是以"九"为顶，再不能高，双塔修筑到七层时，圣母娘娘下令只能修七层，再不能高的传说故事一脉相承。

这种"天柱"的观念，突出表现在祭天杆的古俗上。老人们说，早在金代时就有了女真人设五六尺高的木杆为拜天象征的事情。到了后来，女真人立杆祭天的原始做法，是由渔猎民族的祭高山、祭大树演变来的。在完颜人的心目中，大地的肚脐耸立着一棵最高、最大的枞树，树梢顶上住着至高无上的天神巴依尤勒干。

完颜村在叫冤会活动时，在平地中心立一根高杆子，由阴阳道师先生画一幅女人的头像，身子为龙形的美女挂在高杆子顶端来祭天神，天柱在完颜人的天地观中占有重要位置，它是以各种实物形象标志着对天的无限的崇拜。不论是足撑天的神龟四足，或是支撑天的高山，还是通天的树和祭天的神杆，都具有与人间相连通的神秘含义。完颜人由望高山、大树与神杆而崇拜天空、上苍，渐渐将祭天的信仰转化为对天神的信仰。如今泾川完颜氏的民俗民风、宗教信仰，每年俗定祭天、祭地、祭祀祖先、祭庄稼灭害虫、跳神、搭皇叫、悼叫、过叫冤会、敬神马、放仙鹤、跑花城、破迷宫等活动，都反映出萨满教与中原地区，尤其是秦陇大地的道教、佛教融为一体，互为利用的浓厚积淀。

第五章　揭开完颜部落的神秘面纱

一、泾川完颜氏继承了女真文化传统

泾川完颜氏承袭了女真人崇文习武、淳厚忠孝、争强好胜、坚韧粗犷的民族性格，虽然经历了八百多年演变发展，已成为当地土著的泾川望族，但是他们的民族精神一直没有变。老人们常常用完颜氏出类拔萃的人物教育后生。据老人们讲，清代以武科夺魁，中举者有四，拔贡一。忠孝者不乏，贞妇获清皇室敕号。当代更是博士、教授、专家、学者、亿万富翁以及企业家层出不穷。这只是站在大西北边陲地域，一叶障目，粗略估计，更详尽的叙述、统计，还是要等待全国的完颜氏来撰写填充。

从金朝至今，若问泾川西部的哪村人厉害？回答是：完颜家人。这里的"厉害"是指不怕人欺负，自个儿也不欺负别人之意。这些得益于他们的武功好，论十八般武艺，一人顶十人或顶数十人，这是女真人马上打天下、四方游牧造就的天赋遗传结果，因而泾川完颜氏在清代出的四举人皆是武举。

完颜氏人才辈出，据清光绪《泾州乡土志》氏族卷载："数千百年不离其乡井者居多，而乡间世代相传，称著姓名如闫氏、史氏、完颜氏，或避难服官于斯，或因国灭遁于斯，遂占籍居泾，成为土著，世世相承，迄今罔替。泾川望族，久推数姓为最，闫氏、许氏、完颜氏……"不难证明，完颜氏被列为第三位。还说："完颜氏，相传为大金后裔，承麟帝为元所灭，其后裔遁于安定，遂为泾州土著。州志载，完颜登甲、完颜登弟、完颜旺俱由肆武起家，迄今生息著行，殚力正业，历代相传，本州以武科著名者，唯完颜氏为称首。"

清乾隆年间，完颜氏中举科者有三：完颜登甲为乾隆戊午年武科举人，完颜登弟为乾隆辛酉年武科举人，完颜旺为乾隆癸酉年武科举人。

完颜如兰，道光壬午年武科举人；完颜景阳，道光三十年己酉年科拔贡。

完颜瀛，泾川东关人，同治七年春天大饥荒，携其父就食于凤翔，至秋粮价少减，遂言旋，父病于路，瀛负背以行至灵台县属之三里塬，忽前途火光大起，知有贼，未敢进，路侧二里许有民堡，负父往投，堡人拒不纳，瀛长跪哀恳请缒其父上城，已愿寄宿堡门外，堡人许之。住一夜，天明贼去，闻近村各堡悉被掠，此堡独全，堡人谓瀛孝感所致，赠饼食盘费以归。瀛年逾三十丧偶。四十外始续弦，连举五子，家亦小康。

还有，史门完颜孺人，泾河北岸人，是水泉寺史彦真之母，年二十八而寡，当时史彦真才九岁，值光绪初年大饥，生计益艰，嫂氏欲嫁之，孺人志同松筠，誓不再醮，因往哭于夫之墓，气尽声咽，碰头血流，致晕倒，家人舁回，始渐苏。嫂觇其志不夺，遂析居焉。孺人茹苦尝辛，掘菜根以充饥，安之若素。彦真稍长，习商业于高平，自此家渐裕，奉母亦甚孝，里人以孺人事上之省宪，省督升允，奏闻清皇室赐"清标彤管"四字，建碑于回山之麓。

清皇帝赐水泉寺史门完颜如孺人敕号之碑高大精美，建于王母宫石窟门之北，今现四十岁以上泾川人多有记忆，"文革"后期被毁。

清末民初，完颜文杰在县城创建文盛堂。一九三二年，泾川地域霍乱流行，县城日亡五六人，唯文盛堂断然迎疫，文杰以针刺大拇指，再冲服中药散，痊愈者不计其数。

完颜氏与泾川汉族通婚，后裔数以万计。八百多年来，完颜氏早已认同了汉文化。据完颜氏族老人讲，清代在村中建起三圣宫，与相邻的汉族村阳坡的皇甫圣母殿相同，所祭女神皇甫圣母，都是娘家在县城隍庙处，营门一条街。

现代泾川县城的人，稍微留心，会发现较多的单位都有完颜姓的同事，各学校里皆有完颜氏的学生。当代人喜欢简化名字，为方便称呼，名取二字多简化为完姓，名取一字者都保留了完颜。大家和睦相处，如同兄弟姐妹，女真与汉族共饮一水，同餐同食，生活习惯与肤色、长相几乎无差异。只有知道并有心观察他们的时候，才会发现城乡的成年男子，都有着明确而显著的民族特征，男性多身高强悍、修长潇洒、耳朵也是修长之形；豪爽大方，喜好饮酒，习武唱戏等方面都与本地人有所不同。

二、完颜氏守灵人昭然于世

二〇〇四年五月二日，我陪兰州满族联谊会关振家会长，以及丛丹、吴宏秘书长参加了泾川县完颜村文化旅游节启动仪式和完颜氏传统的祭天、祭地、祭祖活动。

完颜村自定居泾川以来，俗定每年农历三月十五为祭祀祖先的节日。但以前都是隐蔽的，叫"跳神"或"敬黄绳"，由本族人参加。从一九四八年停办至今已有五十多年，今年在当地政府重视下，难得恢复了一次公开的祭祀活动。

当我们刚到村口时，眼前便是"全国最大的完颜后裔聚居区欢迎您"的巨型横幅标语迎风招展。泾河岸畔，小麦已泛青、拔节，遍地一片葱绿；一场春雨过后，路旁还有些泥泞，但桃李花争奇斗艳，树木郁郁葱葱，田野一派春意盎然、欣欣向荣的景象；村庄人来人往，熙熙攘攘，喜气洋洋，朝气蓬勃，似乎连这黄土山坡峁岭都在欢笑；沟壑、山边彩旗飘扬，锣鼓震天，还有时尚的管弦军乐齐鸣，让人感到古朴宁静的深山沟立刻显示出现代化氛围。

完颜村位于泾川县王村镇，是全国关内最大的完颜宗弼（金兀术）后裔聚居区。村里葬有金代最后一帝完颜承麟和金兀术之子芮王完颜亨，有金代十位皇帝祠堂和始制于金代的影像图，有完颜氏供奉的圣母娘娘祠庙和陵墓，有保存完整的金代女真人萨满教礼仪和祭礼仪式。完颜村被批准为平凉市特色旅游景区、泾川县重点旅游景点。

村门：完颜村门牌依据满族特色设置修建，是泾川完颜氏典型文化符号和金兀术后裔的标志。用汉、满两种文字书写制作，特请我国著名满文学者王火与西林和番两位教授书写的两种不同形体的满文条幅，引起人们关注。这是西北各界人士赴完颜村的第一直观形象，既醒目又好奇，让人耳目一新。

完颜老井：村口老井是完颜村民吃水的老水井，水质纯净甘甜，几百年来养育了世代完颜后裔。至今，还有一部分人仍在吃用这井中之水，特别是在这口老井井壁一米深处的箍井石板中，隐藏着两块古代石碑，在"文革"中，族人为保护两块记载完颜氏部落守灵历史的文物，就将其巧妙地深藏于这口古老井壁中，至今完好无损。

完颜祠堂（宗庙）：完颜祠堂的建筑规制为传统庙堂式，体现了金代建筑风格、满族特色及皇家文化内涵。祠堂内正面悬挂完颜家族世代祖先遗像，称"影像"。据史料记载，其画像布制于金代，明代复制，影像长九尺，宽七尺。色彩鲜艳，笔画精工，影像自上而下排列，以完颜阿骨打金太祖为中心，然后是二代金太宗完颜晟，三代金熙宗完颜亶，四代海陵王完颜亮，五代金世宗完颜雍，六代金章宗完颜璟，七代卫绍王完颜永济，八代金宣宗完颜珣，九代金哀宗完颜守绪，还有末主完颜承麟及其弟完颜承晖和历代开国重臣。特别显现了金太祖四太子完颜宗弼之遗像。

圣母娘娘（皇甫圣母）庙：圣母娘娘庙始建于金朝，后改称"皇甫圣母庙"，现存的大殿为清代道光二十三年四月重修。庙院中保存有重修皇甫圣母祠古碑一尊。上有泾州州衙十一名武官题名捐银记载。传说圣母娘娘家在泾州城内营门上（今电信局）一带，她行至泾河北完颜村，为完颜氏后裔保平安便在湫洞嗣石窟中坐化成神，因而族人在村中建庙修祠敬奉。每年农历七月十九为祭祀圣母的盛大庙会，搭台唱大戏，娱神娱人。每年农历三月十五举办完颜村族人隆重祭祀圣母娘娘节日，按萨满教传统，举行保庄稼、灭虫害的祭虫活动。全村族人到九顶梅花山上的堡子山圣母娘娘墓地跳神、磕头。

芮王坟、完颜承麟陵墓：芮王墓，位于完颜村东坪正中央，也称"碑子坟"。芮王完颜亨为金太祖完颜阿骨打的四太子完颜宗弼（金兀术）之长子，官至一品，生前为芮王。完颜亨被杀七年后，世宗继位，得以平反，追封完颜亨为韩王。完颜氏守墓人八百多年来一直称之芮王坟，故今葬地留下芮王坪、芮王嘴等地名。

完颜承麟是金代最后一位皇帝。承麟继位只做了不到一天的皇帝，在河南蔡州（今蔡县）被元军围攻阵亡，其亲属及兵士抬着灵枢来到泾州，埋葬在今太平乡三星村岭背后队的簸箕湾。因当时泾河北已有定居六十多年的完颜部落守墓人，所以护送承麟灵枢的完颜氏，也就陆续在泾川定居了。这一历史秘密守候了八百多年，由于路途遥远不便祭奠，族人于二〇〇三年十二月，将完颜承麟墓迁回完颜村，埋葬于东坪芮王嘴，按祖孙血亲关系，坐落于芮王墓之后。

温氏娘娘墓：温氏娘娘墓，位于碑子坟西部平台中，完颜村很多老年族人证实，温氏娘娘墓冢原先高大，基地四角有石雕拴马柱、石碑两尊及石人石兽，二十世纪六十年代尽毁。温氏为完颜承晖之皇娘娘，家在泾州城水泉寺温家湾。清代和民国时期温家湾人络绎不绝来到温氏娘娘坟上祭奠。

潄洞——圣母娘娘墓：潄洞位于完颜村炉子嘴大坪的沟垴，是圣母娘娘从泾州城内营门上走向泾河北完颜村坐化成神的石窟，名叫潄洞。这座石窟，古时窟顶石板长年不断滴水，石板地上形成潄水，饮之可治病，后人就在圣母坐化的这一石窟中，雕塑石像，绘壁画，安置门户。据说是金太祖完颜阿骨打三妹白花公主之灵魂依附于圣母像之上。圣母娘娘墓在完颜村九顶梅花山上的堡子山，由于族人的保护，墓冢保存基本完整。除每年农历三月十五完颜村族人上坟祭奠外，平时民众有疾病、灾难、不幸等事，也会到堡子山圣母坟上祈求平安。如今虽然石洞中的潄水干枯，但潄洞的传说，至今深深扎根在族人的心中。

九顶梅花山：在完颜村八百亩大坪之后，横亘着一字排列，高耸，云形似花卷馍式样的九个山包，这就是神秘的九顶梅花山。其实旁边还有三个侧山包，当地人称十二个连连山。九座山恰似一朵盛开的梅花。它称"九顶"，不同凡响。金代韩王完颜亨和明代韩恭王曾先后埋葬于九顶梅花山下，实为归依其龙脉山势，风水宝地。九顶梅花山下有两个韩王墓，是一个神秘的谜团，是历史戏剧性的巧合。

祭祀活动完全按照满族人古代传统习俗进行。本来要有法师跳神，可是五六十年来停办，原先的法师祭祀活动已失传。只有请阴阳道师七八个人，过叫冤会，利用搭皇神、敬黄绳来祭祀。祠堂院内设立了诵经的经堂，诵经做道场，朝拜祖宗。这是满族古老的萨满教，容纳了关陇地区的道教、佛教内容的宗教仪式。

刚成立的泾川县满族联谊会，下设十个分会。据统计这天参加活动有万人之多。过去由于受压抑，停办了五十多年原先隐秘的祭祖活动，在改革开放、民族政策的照耀下，公布世人面前，女真后裔们的情绪如火山似的一下喷发了出来，喜悦之情溢于言表。

祭祀开始，现代化管弦乐队，村民们古老的锣鼓队，阴阳道师的吹鼓打击乐器一齐演奏。完颜氏人自觉排列成长队，从祠堂门口，迎接各村庄、各分会送来的供品、献碟，一一恭敬地摆上供台。县级各单位敬送挂帐、花篮、字画，尤其是十个满族分会的族胞敬送来牛、羊、猪供品，以及用精制面粉制作的各式各样、名目繁多，表现人们期盼天下太平、风调雨顺、五谷丰登、平安吉祥等内涵的献品不计其数；鼓乐高鸣，鞭炮腾飞；虔诚的人们磕头叩拜，焚香烧纸，香火缭绕。

这天有上万人观看了完颜人神秘的"放仙鹤""敬神马""跑花城""吃

赦饭""叫冤游教""敬黄绳"等活动。这些活动本来要三天进行完,为压缩时间,在一天内接连表演完毕。

我依陇东祭祀习俗发了祭文:

公元二〇〇四年　甲申　农历　三月十五日

我华夏自五皇治世始,力创一统文明国度,雄踞世界之林,中华诸先烈浴血奋争,前仆后继,呜呼!英烈业绩可歌可泣。

唯我金太祖、太宗诞生渤海之滨,白山黑水犹如巨龙出世。融汇滔滔黄河,挺进中州,源远流长至关陇。谨遵喜文勤武,雄才大略,骁勇善战,平辽纳宋阻西夏;励精图治,拓展中华疆域,勤勉安国,以仁爱给天下,信义濡邻邦,四海之内亲如家室。今祭奠女真人一代天骄太祖太宗高尚功德,奠基千秋业绩,缅颂末帝完颜承麟授命于朝廷而捐躯蔡城,芮王完颜亨随父征战屡建奇功,却遭弑身亡锦州,遂迁葬泾川历经八百余载,英灵气节永存九顶梅花山巅。

唯依茫茫昆仑之恢宏,托巍巍崆峒山灵杰;承西王母之慈悲,蒙圣母娘娘恩典;幽幽九顶梅花山下,乃泾川秀美山川,人杰地灵,其后裔仰汉胞相助,自食其力已繁衍万人之众,为国敬业,甘肃已成满族人第二故土。

太平盛世祭祀先祖,首当颂扬党的民族政策英明,政府勤奋有方,泾汭河畔,川塬大地,政通人和,万事兴盛。

我们呼吁,世界各地满族族胞,欢迎来泾川祭祀祖先,寻根访宗,旅游观光。遵我满族先祖努尔哈赤所训:汉、满、蒙、回、藏,各族共安逸。

太祖、太宗、承麟、芮王在天之灵千古!

从2004年开始,完颜村每年定期举行祭祀活动,先后有全国各地媒体记者、专家学者前来采访。尤其北京著名老学者完颜佐贤的家族闻讯,特派王改宇先生到完颜村寻根祭祖,以表祝贺。河南省卢邑县完颜氏代表五人参加了活动。

附录（一）泾川"完颜部落"寻踪

郝利平　马志琼

一个沉寂了八百多年的小村庄，突然于二〇〇四年热闹了起来，向世人揭开了她神秘的面纱。这就是全国最大的"完颜部落"——泾川县王村镇完颜村。我们在泾川县政协副主席张怀群的陪同下走进了完颜村，也走进了一段鲜为人知的历史。

（一）

完颜村坐落于泾河北岸的九顶梅花山麓。梅花山上一道突兀而出的山梁，把完颜村一分为二，称为完颜东沟和完颜西沟。蜿蜒曲折的泾河从村庄前缓缓流过。因为刚下过雨，泾河北岸平坦的川地里，成排的树木静静地矗立在那里，散发着淡淡的清香，一片片的秋庄稼泛着湿漉漉的绿意。

沿北山前往完颜村的土路上，能看到很多窑洞，有的门窗俱全，有的张着黑黑的洞口，显然早已废弃。据村民们讲，很早以前，完颜家族的先辈们为了守陵，结束了马背上的生涯，开始了农耕生活，并逐渐与当地的汉民融合，依山挖窑而居。从马背到窑洞，从窑洞到瓦房，金兀术的后裔们经历了一个历史的大跨越。

刚到村口，雨又下了起来，蒙蒙雨雾使绿树环绕中静谧安详的完颜村更显几分神秘。完颜祠堂建在路边完颜小学的旧址内，学校已于几年前搬迁，破败的大门紧锁着。同行的张怀群介绍说，完颜祠堂是完颜村的标志和精神所在，村支书王爱奎找来了看管祠堂的村民完颜元贵，在他的带领下，我们进入了完颜祠堂。本来按族规，外族人是不能进入完颜祠堂的，但近年来，由于镇里在完颜村启动了完颜民俗文化村建设，开始开发这里的旅游资源，为了满足游客的要求，这一条禁忌也就慢慢地被打破了。

完颜元贵说，最早的祠堂在北山上，已毁于"文革"中。现在这个祠堂是近年才建的。传统庙堂式的结构，体现了金代建筑风格、满族民族特色及皇家文化内涵。祠堂外两侧，立碑勒石，铭记着修祠堂的过程，门额上用蓝底金字，满汉两种文字写着"完颜宗祠"几个大字。祠堂内正中央悬挂着一幅完颜家族世代祖先遗像，本地人称之为先人影像，这是一布料上的油画，高约两米五，宽约两米，上有自完颜阿骨打始，完颜承麟止十代帝王画像以及历代开国重臣，影画中特别突出了四太子金兀术。

这幅先人影像颇有些来历，据《泾川县志》记载，它的原件为丝质油画绘制，平时都是秘密保管，只有每年的年关、清明，族人们才取出密祭。这是当地完颜人用来证明自己身世的一件重要历史遗物。可惜在二十世纪八十年代神秘遗失了，现在泾川县博物馆仅有民国时期拍摄的照片，如今完颜祠堂里供奉的先人影像是根据原照片复制成的。

关于这幅照片，也有些来历。民国二十五年六月十二日，时任泾川县县长的张东野得知"宋金兀术世代遗像"藏于泾川完颜氏族中，便与区长、上司一同阅览，亲拍摄照片一幅，并在放大的照片上做了题注："片中诸人乃宋时金兀术世代之遗像也，相为明季布制，长九尺，宽七尺，颜色鲜艳，笔画精工，藏于甘肃泾川完颜氏族中。据云此系明末清初之拓幅，原幅早已毁朽。按金亡时其后裔女真姓完颜部落户泾川之乡村，今尚有数十户，每至除夕，皆集族悬挂此像而密祭之，然其子孙皆已成一纯厚之汉族矣。民国二十五年春，余奉命调长斯邑，区长任葆真君索之，适监察使戴公，特派使路公及两署诸同志先生莅泾视察，乃赏公开展览，因摄斯影以公于世，俾吾人得知宋金一代之遗迹也。"民国二十五年六月十二日张东野恐像再有遗失，遂将题注后的照片交县民众馆收藏，现存泾川县博物馆。

（二）

从完颜祠堂出来，我们来到位于村口的老井边。据村民讲，这口井有百年的历史，是完颜村人的生命之源。最初来到泾川的完颜人就是靠着这口井在干旱的大西北活了下来，并从初期的几十人，繁衍到现在五千多人。如今，这口井的井水依然纯净甘甜。更让人称奇的是，井壁内距井口一米左右处，有两块石板格外突出（也有人说井深处还有一块）。

村民们说，这两块石板其实是两块石碑，上面记载着完颜氏族守陵墓八百多年的历史。"文革"中，为了保护这两块石碑免遭破坏，族人合力将它们巧妙地砌进了老井口中，至今完好无损。经介绍，再细看两块石头，确实像是两块石碑。在老井边还有像石碑一样的大石块，被村民用来饮牲畜，据说这是石碑的底座。

离开神秘的老井，我们沿着完颜东村一条陡峭的山路上了芮王坪。芮王坪是泾河流域最大、最平坦的坪地，有八百多亩。大坪依山临水，视野开阔，极目而望，既有北方山势之雄，又兼有南国景色之秀。身处其中，想象几百年前发生在这里的金戈铁马、鼓角连营的征战场面，感觉有一种异样的气氛在四周弥漫。大坪北边并肩矗立着两座状似馒头的小山，杂草丛生，其实这是金代最后两位皇室，完颜亨和完颜承麟的坟墓。由于完颜亨后来被追封为韩王，因此当地人也将芮王的坟墓称为韩王坟。据介绍，在二十世纪四十年代，芮王坟墓规模还很宏伟，石碑、石柱、石兽很多，最神秘的是这些石碑等纪念物上没有任何文字。因而，芮王坟又称为碑子坟。守陵人几百年守口如瓶，守住了一个隐秘的历史，外人谁也不知墓主的真实身份。中华人民共和国成立以后，经过多次平田整地，芮王坟被铲平，那些石碑等物也被毁。修陵时为什么不留任何文字，这成了一个历史之谜。

在八百多亩坪地之后面，横亘着九个山包，这就是神秘的九顶梅花山。身在山中感觉与别的土山包并无二致，但站在泾河南岸的山头上望去，九个秀丽圆润的小山包大小相同，相依相连，状如梅花，分明有人工斧凿的痕迹。据历史学家张怀宁研究，这九顶山包其实是九座古墓，现在王村镇这个地名就是"王冢"的音转。当地村民也有这样的言传。在九顶梅花山的旁边，还有三个侧山包，因此当地人也把九顶梅花山叫十二个连连山。

听完颜村的老人讲，九顶梅花山东南部平台地中还有完颜承晖之皇娘娘——温氏娘娘陵墓。人们称为温家坟，已毁于二十世纪六十年代。当时墓冢高大，墓地四角有石雕拴马桩，两尊石碑及石人、石兽。温氏娘娘家为泾川城关水泉寺村温家湾人。在清朝和民国时期，尚有温家人到温氏坟上祭奠。

历史总是有着一些颇具戏剧性的巧合。在九顶梅花山，还埋葬着另外一名韩王。在完颜亨死后的二百多年里，明代朱元璋第二十子朱松被封为韩王，其子恭王来到平凉，传十世，二百多年。恭王死后，亲戚看中了九顶梅花山的风水，将其葬于其中，于是两代韩王戏剧性地葬到一处。由于在清代及民国时多次盗掘，明代韩王墓室已空并暴露在外，目前只保留有砖箍墓室和红漆石门。正是因为有许多王族墓葬的存在，九顶梅花山即是九座王冢的说法在当地得到了大部分群众认同。

（三）

我们刚刚下了芮王坪雨又突然大了起来，村支书王爱奎把我们领进了八十岁高龄的完颜邦老人家中。老人读过私塾，被国民党抓过壮丁，对完颜家族的历史比较熟悉，在村子里也很有威望。我们去的时候，老人戴着老花镜正在认真地看《元史演义》。老人的记忆惊人的好，说起完颜村的来历，他很自豪地打开了话匣子："我们的祖先是贵族，是从东北过来的……"老人说，现在的完颜村人都是八百多年前金芮王完颜亨及金代皇帝完颜承麟守陵人的后裔。

老人的说法并非没有根据。据史载，金兀术长子完颜亨自幼随父征战，才勇过人，屡立战功。金熙宗时，被封为芮王，后来被金兀术之长兄之子完颜亮杀害。一一六一年，为了防止被完颜亮赶尽杀绝，完颜亨的家眷将完颜亨的坟墓迁到当时多为旧部留守的泾川。六十多年后，金最后一位皇帝完颜承麟，只做了不到一天皇帝，就在今天河南省的蔡城被元军围困阵亡，其亲戚及兵士们抬着灵柩日夜兼程来到泾川，将其葬在太平乡三星村岭背后面的簸箕湾。因为在泾河北已经定居了六十多年的完颜守陵人，护送灵柩的完颜氏也陆续在泾河北定居下来。就这样两支守灵人逐渐在泾川扎根落户，繁衍生息。他们学汉语，学汉族农耕技术与生存之道，并与当地汉族通婚，完成了从军到民，从守陵人到普通老百姓的转化。元灭金以后，对女真人有"唯完颜一族不赦"的政策，唯有这支守陵的完颜氏后裔幸存了下来。随着历史的发展，他们被一次性地登记为汉族，只保留了完颜姓氏。

据完颜邦老人回忆，村里像他这个年纪的人，小时候大都跟随父辈们到簸箕湾祭奠过先人。他说："祖辈口传下来簸箕湾有完颜承麟的坟墓。每年除夕的时候，村人们集资买一头肥猪、几斗麦子，煮了猪肉，蒸了馍，再买些纸和香火，选十几个代表去坟上集体祭祀。去不了的人就在半路上对着簸箕湾的方向把祭品泼洒出去，也算是祭了先人。祭祀用不完的猪肉、蒸馍，再分到各家各户，让他们在家里祭祀自己的先人。"

完颜邦老人说，邻近镇原县平泉至新城一带就有完颜跑马场。完颜村的耕地过去叫军坪、官地。清朝时候，完颜村有两千多亩耕地，每年只交四十两银子的税，不交纳皇粮，所产物品供祭祖之用，这一政策一直延续到一九四三年。

让人惊叹的是，完颜族人在泾川河畔繁衍生息几百年，仍然保留着本家族的生活习俗。到现在，完颜村依然严格恪守着三大族规，守护着完颜民族的文化符号和民族信仰：一是不听不看《说岳全传》。二是不唱不看《草坡面礼》《八大锤》等戏曲。据说，一九七八年古典戏解禁后，有一个剧团在完颜村附近演出《朱仙镇》，被完颜村人上台阻止，并礼请剧团离开此地。三是同姓同族人不通婚。外姓人不得进入完颜祠堂，外甥更是万万不能进入祠堂祭祖。八百多年里，完颜氏皆嫁女于汉族家，并娶汉族女子为妻。张怀群在一篇研究文章里说，如果在泾川乡下论亲戚，历代与完颜氏联姻者成千上万，需要一二十年才可详查一二百年内之亲戚名录。仅以县城来论，其三代内的祖母、外祖母、姨婶为完颜氏者，常现身边。若以二十五年为一代，已逾三十代，仅历代完颜女子出嫁后所生儿女的子子孙孙总和，已不止十万人，他们都有女真人与汉族人融合的血统。

完颜氏人除了恪守三大族规外，至今还保留着独特的划拳方式，我们也能隐约看到一些女真族固有的民族情结。他们喝酒划老疙瘩拳，"老疙瘩"在满语里为黄扬古，即小兄弟。划拳时，两人或多人盘腿席地而坐，大家共同高唱："满满的啊，斟上酒呀，酒三杯，我与我英雄啊，争啊，争高低，第一杯酒要敬给长辈（长白）老祖宗，第二杯敬给真诚（征程）银术可（金时大将，泾川完颜祖先之一），第三杯咱俩干上干。"开始每人喝干一杯酒之后，才猜划数字拳，喝高兴时又唱："老疙瘩啊，老疙瘩，左邻右舍把你夸，喝完一杯我再夸。"对方为了不喝酒，立即对唱："我的老疙瘩呀，老疙瘩，父老兄弟把你夸……"如此你来我往，夸到对方无词可应对时，重新再划数字拳。

村支书王爱奎是个有心人，他装着一肚子的有关完颜人的故事。他说，除老疙瘩拳外，这里人还有一种拳叫扬燕麦，其唱词也体现了完颜人崇尚英雄的传统。说着，王爱奎就在完颜邦老人家的堂屋里唱了起来："满的呀，斟上一杯酒，英雄宴前呀，三枝六花开。一心把你敬呀，二喜要临门……"据他讲，完颜村的男人还保留一种摔跤的习惯，农闲时，几个小伙子们凑在一起，总爱较量一番。这里的小孩子们喜欢玩一种叫

"攻城"的游戏，两队人马面对面站着，一方首先叫阵："野鸡翎，上马城，马城开，要哪个？要你这个好英雄，上阵来。"然后冲到对方的阵营里抢人。简单的游戏中，似乎也能看到女真人尚武的影子。

（四）

虽然完颜村的诸多王室墓冢和历史遗物，足以说明这一支完颜部落后裔的历史，可他们的先辈又是如何护送祖先灵柩奔赴这千里之外的呢？对这个问题，多年来一直潜心研究泾川的历史文化，尤其关注完颜部落的张怀群解释说，女真族是马背上的民族，因此借助畜力，大范围迁徙相对很容易。同时，女真族在顺治皇帝入关以前习惯于火葬，因此护送灵柩长途迁徙的负担并不重。据他介绍，公元一一一五年到一二三四年，女真在我国的东北建立了金朝，立国一百二十年。后到公元一六一六年至一九一一年，努尔哈赤统一女真各部，组成满洲八旗，并尊金朝诸帝为先帝。金代以来，因战而迁的金宗室后裔完颜部落人以家族形式聚居并成为当地居民的不在少数。目前，人数较多的有安徽的肥东、福建的泉州、台湾的彰化和甘肃的泾川。不过，除泾川以外的完颜氏人已经不姓完颜了。

还有一个令人难解的问题是，为何居住有五千多人的完颜部落，能够一直沉默八百多年，直到近两年才被发现？据村民讲，他们从小被长辈教育，出门不能说自己姓完颜，不能说自己是谁的后代，更不能说自己祖宗的墓地在这里，一是为了保护祖先墓，二是为了保护自己的生命。这可能就是这个村子沉默了八百多年，直至近年才为外界所知的原因。

张怀群认为，这些主要与葬在这里的两位王族有关。不管是首先来到这里的完颜亨家人和随从，还是六十年后到来的完颜承麟部族，等于都是为了防止被满门诛杀，才逃到这个偏僻的地方躲起来的。到达泾川后，大家都严格遵守着保密的原则。因此，除本族人、外人极少知道这个家族的渊源。每年的农历正月初七和三月十五，是完颜族祭祀祖先的日子，然而在身份未能公开之前，他们只能悄悄地把祖先的遗像挂起来，到山上密祭，传统的放马、放仙鹤等祭祀活动也无法正常开展。

隐姓埋名只是为了生存，这样的日子并不是完颜氏族人所希望的。中华人民共和国成立以后，完颜村人终于不再胆战心惊地过隐姓埋名的日子了。然而，由于山村的落后和闭塞，外人无从知晓的这个有着多年隐姓埋名和悠久历史的村落，直到二〇〇四年守陵人开始公开祭祖寻根。

二〇〇四年农历三月十五，是完颜村人八百多年延续下来的祭祖的日子。当日，在完颜村举行了守陵人定居泾川以来首次公开祭祖活动，也是八百多年来规模最大、规格最高的一次祭祖活动。这天，意味着完颜村完颜人正式向人们宣告了自己的存在。

这天中午，完颜村内新落成的完颜祠堂揭彩。参加祭祀的完颜后裔先后向祖先敬献了礼幛、花篮和三牲祭品。完颜村人还根据传统，举行了女神皇甫圣母的祭祀仪式，全体族人到紧邻九顶梅花山的堡子山上的皇甫圣母娘娘墓地旁举行了保庄稼、灭害虫的"祭虫"仪式。

当天从国内外回来的泾川籍完颜氏人及完颜村后裔，约数千人参加了公祭活动。泾川县内更是有超过三万人的各界群众参加。很多人第一次目睹了"放马""放仙鹤""放神鹰"和"祭黄绳"等完颜村隐秘的古老风俗，这些风俗寄托了完颜人对本民族祖先的怀念。

在这次祭祀仪式中，祭黄绳是最具有特色的。祭祀开始前，由村民们将一根一千米长的黄色绳子从山上的树枝连到山下的完颜祠堂附近，然后将纸制的神马、仙鹤和神鹰从山顶沿绳子一放而下。黄绳是"皇神"的谐音，祭黄绳取的就是祭祀皇神，即祖先之意。这是完颜村人在隐姓埋名的时代形成的独具特色的祭祀祖先的形式，同时也体现了完颜村人所信奉的萨满教的内涵。

（五）

泾川完颜村这次公开祭祀活动的盛况，通过电视、报刊、网络等媒体的传播，被阿城市（现为阿城区）市委书记李克军看到了。他立即亲自率领市委组织部部长张立民，市委办主任商志广，市委教育局局长王景明，金朝上京历史博物馆馆长、阿城市满族联谊会会长关伯阳等一行八人，于二〇〇四年五月二十九日来到泾川县完颜村，受到泾川县委书记刘旭宾，副书记何瑞莲，县政协副主席张怀群及县旅游、教育、文化部门和镇、村负责人及村民的热烈欢迎。

阿城市是金朝建立的第一个都城，是古代女真族的发祥地。后经金、元、明、清等代的民族大融合，如今阿城市已找不到姓完颜的人了。近年来，为了挖掘整理女真民俗文化，发扬女真民族"以小搏大，不屈不挠"的精神，阿城市委打出了"金源文化品牌"，投资三千万元，建立了

"金上京历史博物馆"，并从二〇〇〇年起每两年举办一届金源文化节。

东北老家的亲人和迁居甘肃泾川八百多年的完颜后裔首次见面，可谓百感交集。李克军等人考察访问了完颜村历史遗存和完颜村民后，大家一致肯定，泾川完颜村是全国现存完颜姓氏人口最多的聚居区。他激动地说："阿城金代后裔和泾川完颜人同宗同源，是骨肉兄弟，虽经八百多年分离，今日终于相见相识，这是金源文化传承大业的重要发现和特大喜事。"他们还考察了铸于金大安三年的万斤铁钟，惊见钟上铸有女真文，该钟是泾川八景之一"宫山晓钟"的标志。甘肃日报社、甘肃电视台记者闻讯专访了李克军书记和阿城市代表团，并采访了完颜村金源文化遗存现状及村民生活现状。泾川完颜氏及全县人民也热忱欢迎阿城乡亲，欢迎定居在全球各地的完颜姓氏满族后裔来泾川拜谒完颜承麟、完颜宗弼之子墓和完颜宗祠，敬祖省亲。

附录（二）他们保留了完整的
民族符号——完颜氏

田季章

完颜玺作为金朝女真族完颜氏的后裔，以历史与现实的文学视角，多年来潜心调研、挖掘、写作，向世人揭开了沉寂八百多年，被历史尘埃湮没的泾川完颜部落之迷雾，是一件可贺之幸事。从史学、民俗学和文学多方面都具有一定价值。

完颜氏的来历，牵涉到历史上一段著名的公案。人人皆知岳飞抗击金兀术的故事。金兀术就是金朝完颜阿骨打的四太子——大元帅完颜宗弼。其子完颜亨，从小随父南征北战，屡立战功，金熙宗时被封为芮王，官至一品。金皇统九年，海陵王完颜亮弑熙宗篡位称帝以后，完颜亨及妻子先后惨遭杀害，其家族为躲避迫害，西迁来到金兀术旧部和芮王妃子徒单氏家族统治下的安定郡，即今甘肃省泾川县一带。完颜亨及妻子的骨灰也迁葬于九顶梅花山下，称为芮王坟。

金世宗大定初年，追复完颜亨官爵，晋封韩王，重修王陵。完颜家族作为守陵人，在泾河畔繁衍生息，至今已有八百多年的历史。

经过数百年的历史沧桑巨变，曾经驰骋在中国北方，把赵宋王朝赶到江南的金兀术的后裔们，成为当地的土著，唯一保留下来的就算是祖先遗留下的姓氏——完颜，以及难以让外部人察觉到的种种民族风情，他们忌讳"岳飞大战金兀术"之类演义和戏曲，这是他们的历史隐痛。

完颜村坐落于泾河北岸的九顶梅花山麓，完颜氏人至今秘密保存一幅世代宗先遗像，称先人影像，上自完颜阿骨打，下至完颜承麟十代帝王画像以及历代开国重臣，影像中特别突出了四太子金兀术。这幅先人影像平时秘密保管，只有年关或清明节，族人才取出密祭。这是完颜人用来证明自己身世的一件重要历史遗物，是他们的精神寄托。

金朝最后一位皇帝完颜承麟，只做了不到一天的皇帝，在河南省的蔡城被元军围困阵亡，其亲戚及兵士们抬着灵柩日夜兼程来到泾川，将其葬在太平乡三星村岭背后的簸箕湾。因为泾川已有定居六十多年的完颜守陵人，护送灵柩的完颜氏，也陆续在泾河北畔定居下来，在泾川扎根落户，繁衍生息。与当地汉族通婚，完成了从军到民，从贵族守陵人，再到普通百姓的转化。

元灭金以后，元对女真人有"唯完颜一族不赦"的政策，唯有这支守陵的完颜氏后裔才幸存下来。随着历史的发展演化，他们被一次性地登记为汉族，庆幸的是他们执着地保留了完整的民族符号——完颜氏。

完颜氏在泾川河畔繁衍生息几百年，仍然保留着本家族的风情和生活习俗以及萨满教的宗教活动遗痕。至今，完颜村依然严格恪守着族规，牢牢守护着完颜氏的文化符号和民族信仰特征：不听不看《说岳全传》；不唱不看《草坡面礼》《八大锤》等戏曲；同一完颜氏不通婚，皆嫁女于外族家，并娶外族女子为妻。

金代以来，因战而迁徙的金宗室后裔完颜氏人，以家族聚居并成当地居民的不在少数。目前，有北京、安徽的肥东、福建的泉州、台湾的彰化、河南省的鹿邑和甘肃的泾川。

完颜玺先生，是土生土长，从完颜村走出来有知识的后裔，以他自身经历和深切感受，怀着深情，详尽记述描绘，揭示出已被历史遗忘的完颜人至今隐藏于灵魂深处独特的民俗民情，以及外人难以窥视、耐人寻味的地方习俗、人文地貌景观，原女真人在陇原遗留下神秘的历史踪迹，萨满教与道教、佛教如何相融相存，被各族人民顺其自然地利用的情景。守灵人在漫长的历史演变中，经历了从贵族到土著的转变；为生存与当地汉族同胞相依为命，联姻结婚繁衍生息；战争是残酷的，当战争凝聚成历史，定格成文字时，再来审视陇原大地，它曾经承载过如此波澜壮阔的景象，人们今天猛然回首醒悟，这块热土曾经历过无数英雄豪杰、金戈铁马的激烈争斗，倍感黄土高原的浑厚、宽容与人杰地灵。这一著作为我省民族风情色彩，无疑增添了一枝鲜艳的奇葩。

以前，完颜氏祭祀祖先，只能悄悄地把祖先遗像挂起密祭。隐姓埋名是为了生存。直到二〇〇四年守陵人开始公开祭祖寻根，农历三月十五，完颜人八百多年延续下来的祭祖是多年来规模最大的活动，意味着完颜人正式向世人宣告了自己的存在。

这次公开祭祀活动的盛况，通过电视、报刊、网络等媒体被黑龙江省阿城市委书记李克军看到了。他立即率团一行八人，千里迢迢来到完颜村。阿城是金朝建立的都城，是女真族的发祥地。后经金、元、明、清等代的民族大迁移、大融合，如今阿城已找不到完颜姓了。为挖掘整理女真民俗文化，发扬"以小搏大，不屈不挠"的精神，阿城打出了"金源文化品牌"。

同时，新华社、甘肃日报社、甘肃电视台等新闻媒体记者闻讯专访了阿城市代表团，发了《万里寻宗到陇原》《寻踪完颜部落》等专题报道。甘肃电台公共频道根据完颜玺的原著拍摄的《走进神秘的完颜部落》已搬上荧屏。目前，从全国专程来平凉市泾川县考察完颜部落的专家学者络绎不绝。

《泾川完颜氏传奇》的出版，将满族涉足陇原这块热土的时限向前推移了八百多年，对弘扬历史文化，增进民族团结，构建和谐社会起到了促进作用，为我省增添了一朵艳丽而辉煌的民族风情色彩之花。为挖掘和研究金宋争夺秦陇沃壤四十余载，积淀于陇原大地丰富的历史文化遗产有较高的借鉴价值。进一步澄清了宋金之战并非侵略与反侵略，而实为兄弟之间的争斗。中华民族悠久灿烂的文明史是各民族共同铸造的。完成这本著作，需要决心和勇气，克制来自历史遗留的传统偏见。

二〇〇七年六月三十日

田季章：甘肃省作家协会名誉理事兼创作指导委员
　　　　甘肃省少数民族作家协会理事
　　　　甘肃省文史馆馆员
　　　　兰州市文联特邀顾问

附录（三）尘封八百多年金朝秘史再现

《泾川完颜氏传奇》审校随笔

赵东升

偶然加必然，信息时代网络的传递沟通，使我有幸结识了同根一脉族胞弟兄甘肃作家完颜玺先生。完颜玺先生原是金朝皇族后裔，从某些迹象看，应是金太祖阿骨打第四子完颜宗弼（金兀术）的长子完颜亨的后代子孙。完颜玺现居兰州市，是从陇东泾川走出来的满族高级知识分子，现为甘肃作家协会会员，兰州满族联谊会副会长，甘肃省劳动卫生职业病防治所副主任医师。

完颜玺先生是一位职业卫生工作者，出于民族情怀和历史责任感，他用二十多年时间调查研究隐居于陇东泾川县王村镇完颜家族的来历及其发展概况，执着地关注满族人居住秦陇这段不为世人所知的尘封秘史，走访了甘肃十多个县市的山塬河谷，踏查八百多年前女真人遗留的文物故址、风土人情、墓葬庙宇、文献史料、民间传说、宗教习俗。先后在报刊发表论述和散记性文章五十多篇，为抢救秦陇大地清前历史文化做出了贡献，同时也填补了民族史研究领域的一项空白。在此基础上，近年来完成了这部别具一格的《泾川完颜氏传奇》。

书稿交余审校。当余看过这部《泾川完颜氏传奇》之后，觉得这确是一本难得的文史资料，书中所述皆是世人难得一见的民族秘史。出版这样一本书，既有历史意义，又有现实意义。只有在今天宽松和谐的社会环境下，尘封八百多年的民族历史，也是民族秘史才有机会与世人见面。受作者之托，余在审校过程中仅能改正一下打印上的错字，理顺一下个别句子，调整部分段落、章节，删掉少量前后重复的内容，统一了目录和书中标题的不一致之处，而对全书篇章结构、布局、描述、语言风格未做任何更动，而且也无法更动。

对书稿审校的过程，也是学习的过程。余认为本书有几大特点，提出来与读者共勉。

（一）

首先谈一谈本书资料的来源。

书的价值取决于资料的来源，本书资料来源决定了它的史料价值。作者自述："我以拾荒者似的从无人问津的荒漠田野捡回、抢救了一些即将被历史尘埃湮灭的零碎历史遗存片段……"就凭这一点，其精神即是难能可贵的了。

作者完颜玺先生是从陇东泾川县王村镇完颜家族走出来的学者，多年来一直关注着当年宋金争雄秦陇大地的历史遗痕。完颜氏在秦陇大地生息繁衍数百年，而又顽强地保留着本家族的风俗及宗教活动。他本人既是完颜氏，也是历史文化的见证人和传承者。写这样一本书，除了身体力行调查搜集，家传也是主要的资料来源。满族已经走过了两三千年的历史文明进程，从挹娄、勿吉、靺鞨、肃慎、女真到清初改为满洲，毋庸讳言，很多原始的民族风貌都在变革中面目全非，甚至于消失，能够延续下来的也不过是微小的一点点，而且也都不是原汁原味。泾川的完颜氏虽然也在变迁，但它能原封不动地保存了金代女真习俗，经八百多年而不废，这在全国也是绝无仅有的奇迹。据我所知，金朝灭亡后，由于蒙古元朝的摧残，金皇族几乎都放弃了本姓，不敢再姓完颜，改为别姓。有的谐音为王、汪或其他，还有一部分在金代由于皇位之争，怕家族罹祸，自动放弃皇族姓氏，或以名为姓，或改成别姓，如粘罕的后人为避争位之嫌，改姓为粘。今之闽台地区粘姓满族即是其子孙。对比之下，陇东泾川完颜氏不仅仅保存了这张金朝皇族姓的名牌，同时也保存了女真族完颜氏的历史文化。这种历史文化遗存，在这本《泾川完颜氏传奇》里得到了充分的反映。

（二）

在甘肃的泾川王村镇的九顶梅花山下，如今尚埋着金朝一王一帝，如果不是通过这本《泾川完颜氏传奇》反映出来，世人很难得悉这一隐情。

完颜玺先生虽生长在陇东泾川，但不忘祖先根基是在东北。他们的祖先是从上京会宁府（黑龙江阿城）走出去的金朝皇族，时代的变革把他们抛到大西北成了陇原土著。所以，完颜玺先生决定要在东北"老家"出版这本书，既有寻宗问祖之意，又具眷恋故乡情怀，我们也就积极地帮助运作，以遂先生之凤愿。

一帝，金末帝完颜承麟——仅做了不到一天皇帝的末帝，当天晚间就被乱军所杀。据《金史》卷十八《哀宗本纪》的最后一段记述："（天兴）三年正月……戊申，夜，上集百官，传位于东面元帅承麟，承麟固让。"诏曰：'朕所以付卿者，岂得已哉？以肌体肥重，不便鞍马驰突。卿平日有矫捷有将略，万一得免，祚胤不绝，此朕志也。'已酉，承麟即皇帝位。百官称贺，礼毕亟出捍敌，而南面已立宋帜。俄顷，四面呼声震天地。南面守者弃门，大军入，与城中军巷战，城中军不能御。帝自缢于幽兰轩。末帝退保子城，闻帝崩，率群臣入哭，谥曰哀宗。哭奠未毕，城溃，诸禁近举火焚之，奉御绛山收哀宗骨瘗之汝水上。末帝为乱兵所害，金亡。"

这一段记述，证明哀宗完颜守绪在国破家亡的紧急关头，明知自己逃不出，传位给宗室承麟，指望他侥幸出去，延续金朝统治，但承麟也未能幸免。

承麟成了合理合法的金朝末代皇帝。他在当了不到一天的皇帝中，办了两件大事：一举行登基大典，确定皇帝身份；二为自杀的皇帝上谥号，上庙号为哀宗。当日承麟战死，创下了一日殉国两个皇帝的千古奇闻。

从各方史料查不到承麟死后遗骨葬于何处的记载，《泾川完颜氏传奇》为我们提供了这一线索，并叙述了这一过程。

承麟战死后，部下护送遗体，经过数千里长途跋涉，为什么要转运到陇东泾川的九顶梅花山下安葬呢？因为在此之前，这里已经埋葬着金朝一王，并且还有一批金朝遗族和部族聚居在陇上，除此再也找不到比这里更理想、更安全的地方。

一王是金朝芮王完颜亨。完颜亨是完颜宗弼（金兀术）的长子，金太祖阿骨打之孙，官拜大将军，封芮王。完颜亮弑熙宗自立，怕宗族不及，残杀完颜皇族中位高权重的军事将领，至此完颜亨被迫害致死。后来，他的家人和亲信，将他的骨灰由河北真定迁葬陇东，这里是当年完颜宗弼与宋朝对峙的军事基地。宗弼父子经营数十年，有相当的社会基础，再加上地处偏远，比较隐蔽，故承麟迁葬泾川是有先决条件的。

现在，泾川县王村镇九顶梅花山下，一帝一王两个金代古墓完好地保存下来，守墓人恪守祖宗遗训，经历八百多年的时光考验，他们完全保留女真人旧俗，坚持保留完颜姓氏，始终不渝地守卫着这两个古墓，这在《泾川完颜氏传奇》里得到了充分的展示。

（三）

泾川完颜氏属于金代哪一家族已无谱牒可凭，但他们至今尚保存一幅历代祖先影像图或许能说明问题。

《泾川完颜氏传奇》里介绍，泾川的完颜氏，如今供奉敬仰一幅祖先油画，被称作"影像神"。上面画有金太祖阿骨打、太宗吴乞买、熙宗完颜亶、海陵王完颜亮、世宗完颜雍、章宗完颜璟、卫绍王完颜永济、宣宗完颜珣到哀宗完颜守绪的画像，仅当了一天皇帝的完颜承麟也占有一席。在这十个帝王的两边，还有重臣武将作为陪侍。

书中交代，这幅先人影像画始作于金亡不久，因画像上有一位非帝王的完颜承晖，也位居正中，而他的儿子永怀却未列入，因此推测此画当出于永怀之手，因为先人影像成画时永怀还活着故不能入画，可见泾川完颜氏当为承晖的后人。

据说，金亡时，完颜氏宗族在汝河边争夺这幅画像而火拼，死了一百六十多人，可见此画像的重要。另在完颜家族有一说，画像中原有完颜宗弼，位置在承晖之上，因宗族的矛盾，复制时用花瓶掩盖。以此推泾川完颜氏中应有宗弼的后人，也可能就是芮王完颜亨的子孙，本书作者完颜玺先生亦为芮王之后。

（四）

真实地反映了女真民俗和某些鲜为世人所知的金朝秘史，是本书的又一特色。

《泾川完颜氏传奇》的第二章，作者向世人展示了完颜氏独特的民风民情与宗教信仰，这是全景式的金朝历史文化再现，除了泾川的满族，任何地方也看不到这种原始、朴实、独特的民族风情。

喝酒划老疙瘩拳，跳娘娘神、耍社火，七月十五唱大戏，初新、踏青、迎春，小孩游戏战马攻城，完颜人祭祀活动叫冤会，制供品、献碟、敬皇神、续皇神、吃赦饭、发赐食、放仙鹤、放神马、跑花城、破迷宫，以及祭天、祭地、与众不同的萨满教信仰活动，都会令人耳目一新，称奇叫绝。

全书不到二十万字，却容纳了十分丰富的内容，有条不紊，史料翔实，论述得当，不乏新的见解，可为不拘一格，运笔挥洒自如，是一本很有历史文化价值的精品。

本书还披露一些涉及金代在秦陇的秘史，如宋将吴曦降金及其被杀的经过，富平战役宋金军事较量的内幕，金朝在甘肃建治的年代，会宁郭蛤蟆城建造的历史背景。作者还找到了郭蛤蟆的后裔在当地照相留影。

本书在出版前，作者已经在多家报刊上发表了三十多篇有关完颜家族的短文，这些短文产生了深刻的影响。新华社兰州分社、参考消息报社、甘肃日报社以及甘肃电视台等多家媒体竞相跟踪报道，并录制专题片。这不仅在完颜氏家族中产生了反响，在中华大地上以及海外华人中也引起了轰动。本书另一个可贵之处是，作者为我们提供了多幅照片，尤显珍贵。

作者赵东升，吉林师范大学特聘教授，研究北方民族历史文化专家。

此文原载于《北方民族》二○一○年二期

附录（四）完颜宗弼长子完颜亨守陵人后裔——完颜治春家谱

完颜治春，金兀术第十世孙，享年八十四岁，生五子。其父、祖父、曾祖父均为当地乡士官员，详情无记载。完颜乡约兄弟三人，二弟名完颜治秋，有三子。三弟名完颜治耕，有二子。为世袭乡约之家，完颜治春是最后一任乡约，分管长守里，当时泾川全县共二十四个里，他所管的泾河川以北地域，那里生产生活环境较差，村民往往交不上公粮，按规定拖欠皇粮、税款要由主管乡约全权负责。完颜乡约每到年终宁可挨官府板棒刑罚，也不愿多收民众粮钱，人们戏称为"烂沟子乡约"。当地人习惯称完颜乡约家有十子，其实为兄弟三人所生，为了便于记载，现按三人子女排行分别记述。

一、完颜治春

完颜治春，二十二岁承袭父辈泾川县长守里乡约之职，至一九二三年逝世任职共六十二年，自俭守纪，深受官衔和百姓拥戴，享年九十四岁。妻魏氏，泾川县十里铺人，享年九十六岁，贤惠勤奋，生五子。

1.长子完颜生荣，小名乐乐，妻吴氏（蓝头吴家村人），生三子二女。

（1）长子完颜永瑞，妻王金鸽（仓店人），生三子，长子完颜玉亭，二子完颜玉昌，三子完颜玉玺。

（2）二子完颜兴瑞，妻张笃琪（合道村人），生一男一女，男完颜东贝，女东梅。

（3）三子完颜福生，妻邱氏（焦家沟人），生三男一女，男完颜虎贝、完颜勤、完颜刘弹，女娅娅。一女嫁于胡姓。

2.老二，完颜常乐，生一子，名完颜西生，常住县城做生意，生一男一女。

3.老六，完颜仲乐，生五子二女。

（1）长子完颜录良，妻刘氏，生一男，名叫完颜跃成。

（2）二子完颜存良，妻赵氏，生一男二女，男完颜银焕，女葡萄、石榴。

（3）三子完颜拜良，妻王氏（仓店），生二男二女。还有二子分别过继给了老五和老十。

4. 老九，完颜西乐，妻高氏（北塬高家坳人），生四子。

（1）长子完颜录同，妻高氏（曹家河弯人），生一男一女，男完颜焕娃，女腰子。

（2）二子完颜占同（早亡）无后。

（3）三子完颜进录，妻张氏，生四男一女，男完颜有焕、完颜有林、完颜益林、完颜文林，女秀梅。

（4）四子完颜胡娃（住完颜洼），生一男一女。

5. 老十，完颜元乐，妻陈氏，生一子四女，完颜生福（由老六过继），妻孙氏。四女，分别嫁于冯、孙、邓、朱四姓，现人丁兴旺。

二、完颜治秋

完颜乡约二弟，名完颜治秋，任园差，为乡约的助理，生有三子，排行分别为：

老四，完颜清乐，妻刘氏，生一子，完颜录娃子，妻刘氏。生一子，完颜玉。

老七，完颜福乐，妻王氏，生一子，完颜福寿，妻张氏。生二子。

老八，完颜官乐，妻吕高氏，生一子，完颜治录。

三、完颜治耕

完颜乡约三弟，名完颜治耕。生有二子，排行为：老三（少亡）和老五。

老五，完颜铺奎，妻赵氏，泾川县蓝家山人，有一子，名完颜涂子（由老六过继），妻何氏。生三男一女，男完颜福、完颜学、完颜爱成，女桂女。

一九八六年由七十八岁完颜玉亭（笔者大哥）口述整理

后记（一）

　　又是一个秋高气爽的深秋收获季节，《泾川完颜氏传奇》终于修改脱稿。我所记述的故事是以泾川王村镇完颜人的口述为主线，以泾川的历史遗迹所见所闻为辅编织而成。它的问世得益于祖宗八百多年前涉足于秦陇大地遗留下缕缕足迹，时代的变迁并没有抹去它的历史本来面貌。本书的出版得益于吉林省非遗文物保护中心荆文礼、赵东升老师的精心指导，使我依据父辈言传家教、部落集体传承遗存和地方文史记载以及各地现存的遗址、遗物等方面来讲述。

　　首先要说的是，吉林省文化厅非物质文化遗产保护中心荆文礼、赵东升先生，从遥远的东北到大西北的陇东山塬河谷，亲自来泾川完颜村实地考察，经过耳闻目睹和思索后，认真指导完成了这部书稿，对他们所付出的艰辛劳动深表谢意。同时，我知道"满族口头遗产传统说部丛书"是东北地区满族讲述家史、族史的民间传统文学的一朵艳丽的奇葩。我所讲述的家族故事，都是部族老人一代代口头传承的，当然也属于满族说部的范畴。在整理过程中，我总想到自己所承担的责任为承前启后。承前，就要将先辈们无文字的口头讲述的历史故事能够传下去。启后，就是通过我整理的族史对晚辈进行教育，使讲述族史的活动延续下去。因此，我便又触景生情，情不自禁地写景、抒情，如写散文的习惯，不断出现在字里行间，在这关键时刻，又得到荆文礼老师严肃认真的修改，三易其稿。谨请编审先生修正，或者就当作另一类式样的说部文字看待。据我所知，如泾川完颜氏一样，无文字记载的族史、家史在内地很多，如天津、北京、广州、河南、陕西等地族胞，他们有同样的遗憾，敬请参考指正。

完颜玺于兰州寒舍

二〇一一年十一月

后 记（二）

　　《泾川完颜氏传奇》所记述的故事是以甘肃泾川县王村镇的完颜村为主线。它的出版问世得益于祖宗八百多年前涉足于秦陇大地遗留下的缕缕足迹。我历经十载，沿着这些足迹，如明昌、大安、太和年号铸造的铁钟，带有女真族特征的坟墓、庙宇、寺院以及对地方名称探索、挖掘、记录；依据父辈言传家教、部落集体传承遗存；来源地方文史记载和现存的遗址等方面。人们将历史称为一条长河，河有深有浅，河时有惊涛汹涌、大浪淘沙；时有风平浪静、泥沙沉积；也有水枯河干、沙石显露的不同时期。从历史的长河要打捞出一星半点几百年积淀的有价值的历史遗迹恰如大海捞针，不付出艰辛难以完成。

　　我的写作水平或文学修养说不上什么优势，充其量是业余文学爱好而已。这本书是以身边历史素材、纪实性散文描述了完颜人迁居泾川的全过程，如他们从东北大平原到西北偏僻的边陲，由威武的军人转变为平民，由兴盛的皇室贵族衰败为当地土著平民的生存轨迹。本书记述了金朝遗留在秦陇的大量珍贵文物古籍，包括了甘肃陇东、陇中、陇南、兰州市区的文物古籍。这项工程是任何一个完颜后裔，义不容辞、都能胜任的。而我得天独厚的优势是上苍安排毫无选择地出生于完颜部落，从小潜移默化吸取了父辈们言传教诲，这一点可算是走向业余文学创作之路的基础，也是经历十年时光完成《泾川完颜氏传奇》丰厚的、得心应手的写作源泉。

　　祖辈言传，言必有据。完颜村虽然无文字的家谱祖传，可是敬奉的一幅世代祖先遗影画像密存至今，它胜似一部家史说部。一年一度神秘而又隐蔽的祭祀祖先神像、跳神、唱戏、向圣母娘娘回奉、推举坟头、杀猪宰羊、长途跋涉上祖坟、过叫冤会、敬黄绳、跑花城、破迷宫、放仙鹤、放神马……这些独特的活动给我心灵深处播下一颗要揭开那神秘面纱的种子。有了待萌发的种子，就有希望；有了希望，就有追求、有收获。

如完颜村有芮王坪、芮王嘴的地名，而碑子坟位于芮王坪正中央。原先村内大量文字、纸札、土地买卖契约合同、土改分田地的登记名册上都写作龙王坪或伦王坪，这三个字间的"王"字是核心。对照史料深思熟虑地琢磨本地人的谐音才推断出龙王坪、伦王坪就是芮王坪，而芮王便是完颜亨。又如在完颜村坪上有温家坟、吕家坟、王子坟，还有两个韩王坟、九顶梅花山等历史遗址，它们的来历都得深入细致地研究、排查，如今称为皇甫圣母娘庙，向前推移，原先为白花公主、皇姑娘娘、圣母娘娘……到了清朝中期陇东地区发生瘟疫，人们将救死扶伤的皇甫谧尊敬以神灵相待，请进圣母娘娘庙，随后才称皇甫圣母娘娘庙，历史潮流更迭，人类生存随之变迁，就连神仙也跟着演变。今天奉献给读者的《泾川完颜氏传奇》就是这样点点滴滴翻腾出来的人类部落演变的一束不够艳丽的奇葩，算作对祖宗在天之灵一点微薄的安慰。

十年前我曾搜集、记录、整理了一些完颜乡亲喝酒划老疙瘩拳、边喝边唱的歌曲、跳神时王谝即兴编演的台词，这些刚刚被挖掘出来还带有浓郁的乡土气息的创作素材，经作家孙辑六、田季章诸多学者审定，认为属于女真族风俗范畴的文化遗产，对大西北地区来说人们甚为罕见。物以稀为贵，这给我继续趟过长河，进行搜集整理注入了希望。不久，便斗胆将这些文字送一家有影响的杂志社，编辑审阅后，当场拍板要组稿发表。可是，主编审查时挥笔一勾，给"枪毙"了。理由是写金兀术这类题材的文章是严重的敏感问题，主编善意地问我，完颜人过叫冤会是萨满教内容，究竟向谁叫冤？我说老百姓常年头顶烈日，面朝黄土，积蓄于心头的苦闷，只有向天、向地、向神仙、向祖宗喊叫，叫了就一身轻松，还是照旧种田劳作。萨满教这种宗教活动对世界逐渐一体化、社会竞争激烈的今天来说是最佳的社会和人际关系调节的润滑剂，有啥不妥。主编为难得无言以对。然而，一年后我还是发表了《记完颜村祭祀活动》的文章，并引起世人关注。迈出艰难的第一步，归于社会飞速发展，历史长河浪潮向前滚动，改变着人们陈旧的传统观念。这本书的问世见证了时代发展、人们思想观念转变的轨迹。

不久，我邀请满族同胞、作家张庆信去完颜村做客、采风。他走访了完颜守陵人八百多年来隐姓改族，执着地守护一座古墓默默生存至今的方方面面，一篇《完颜村纪实》的文章首次发表于《甘肃日报》，从此各报纸、杂志、电台等媒体以惊异的视线相继登门约我采访、索取完颜氏资料。专程去完颜村采风、报道的除了本省《兰州晚报》《兰州晨报》

《西部商报》《读者》等报纸杂志以及甘肃广播电视台等新闻媒体外，更具有权威性的新华社、光明日报、解放日报、中国社科院社科部门都派人专访并发表了文章。外省市媒体和网络的转载遍及全国各地。甘肃电视台公共频道依据我的原著拍摄了六集专题片《走进神秘的完颜部落》。取得这些成果完全归功于改革开放、构建和谐社会的好时机。在《泾川完颜氏传奇》出版之际，我对以上单位及关心支持《泾川完颜氏传奇》出版的张庆信、冯玉雷、路生、路文、路远等先生及苏莉华女士和甘肃文化出版社周乾隆女士所做的贡献表示诚挚的感谢。

尽管我像拾荒者似的从无人问津的荒漠田野捡回、抢救了一些即将被历史尘埃湮灭的零碎历史遗存片段，但还不够完整。本书在力争描述以完颜宗弼为首的金朝君臣将帅之外，同时关注陇上宋代名将吴玠、吴璘三代。其中记述、描绘、抒情、写景兼顾，无固定的格式、文体。为满足世人猎奇需求，于多家报刊零零碎碎发表了三十多篇有关完颜部落豆腐块式的文字。《泾川完颜氏传奇》在此基础上整理、归纳成册，成为后人剔其糟粕取其精华的原始资料，也是对即将消失的历史文化的抢救。另外，因历史发展的巧合、媒体网络的传递，文稿得到故乡东北学者的支持和鼓励，尤其对八百多年前的亲骨肉同胞兄弟、民族史学研究员、吉林师范大学特聘教授赵东升先生修改、审定深表感激。

《泾川完颜氏传奇》还有很多不尽如人意的地方，若读者不嫌耽误宝贵时光浏览，我已十分欣慰了。因此，错误之处在所难免，望族胞、读者批评指正。

作者
二〇〇七年六月于兰州

后记（二）